당신에게 건네는 따뜻한
문장의 향기

# 종이
# 책의
# 위로

# 종이책의 위로

| | |
|---|---|
| **초판인쇄** | 2018년 01월 05일 |
| **초판발행** | 2018년 01월 10일 |
| | |
| **지은이** | 유재은 |
| **발행인** | 조현수 |
| **펴낸곳** | 조현수 |
| **마케팅** | 도서출판 프로방스 |
| **편집교열** | 최관호 조원호 신성웅 |
| **디자인 디렉터** | 오종국 Design CREO |
| | |
| **ADD** | 경기도 고양시 일산동구 백석2동 1301-2 |
| | 넥스빌오피스텔 704호 |
| **전화** | 031-925-5366~7 |
| **팩스** | 031-925-5368 |
| **이메일** | provence70@naver.com |
| **등록번호** | 제2016-000126호 |
| **등록** | 2016년 06월 23일 |
| **ISBN** | 979-11-88204-19-9-03810 |

## 정가 15,000원

당신에게 건네는 따뜻한
문장의 향기

종이
책의
위로

유재은 지음

프로방스

# "종이책, 그 마법 같은 순간 속으로"

살아감의 무게가 마음을 짓누르고
온종일 마른 눈물 흐르는 날이면,
어지러운 말들을 품은 세상에서 벗어나
나만의 글속에 파묻히고 싶다.

무작정 길을 걷다 선물 같은 책방을 만나면,
한 걸음 내딛는 순간 종이 향 가득한 세계로
마법의 문이 열린다.

손 안에 서걱이는 책 한 권이
삶에 지친 어깨를 토닥이고
좁다란 마음에

너른 웃음 감긴다.

어디를 가는지도 잊은 채 온종일 고른 책을
마음까지 함께 싸매고 나오는 길.

코 끝 싸하게 스치는 나무 향.
어느새 어둑해진 거리.

시간이 없어 만나지 못한다고 말하는 사람은
시간이 있어도 만나지 않는다.

시간이 없어 읽지 못한다고 말하는 사람은
시간이 있어도 책을 읽지 않는다.

높다란 벽이 마음을 주저앉힌다면
책을 통한 삶의 위로를 건네고 싶다.

작품보다 더 어려운 작품해설이 아닌
작가의 영혼을 녹여 한 자 한 자 새겨 놓은 작품들이기에

날을 세우지 않은 시선으로
마음을 멈추게 하는 글귀를 나누고 싶다.

문장의 향기를 헤아리며
자신만의 사색의 샛길 속에서
마음만큼은 따뜻한 시선에 머무시길.

종이책, 그 마법 같은 순간 속으로.

마음의 봄을 그리는
2017년 12월

저자 유재은

종이책이 사라질 것이라 말하는 사람들에게
사람들의 마음이 살아있는 한
책방에 대한 향수는
삶에 큰 힘을 불러 올 수 있을 거라 감히 말하고 싶다.

오늘도 책값을 매기며 정신없는 하루를 보내면서
마음속 깊은 만족감이 계곡물처럼 졸졸 흐르고 있는
이 세상의 수많은 웬디와 잭을 응원한다.

# Contents | 차례

# PART
# 01

종이책이 건네는 위로

# 01

## 따뜻한 삶의 위안
## 『당신이 없으면 내가 없습니다』
정호승

"햇빛만 원한다면
인생은 이런 사막이 되고 만다.

때로는
고통의 비바람이라 할지라도 불어와야 하고
절망의 눈보라라 할지라도 몰아쳐야 한다.

그래야 인생의 대지에서 자란 나무가
숲을 이루고, 그 숲의 그늘에 앉아
새들과 함께 내가 쉬었다 갈 수 있다.

계속 햇빛만을 원한다면
그것은 삶의 그늘을 소멸시켜 버리는
죽음의 햇빛을 원하는 일이다."


시인의 눈은 그 시선의 깊이가 달라서
읽는 이에게 감탄과 함께
자신의 삶을 되돌아보게 한다.


짙은 그늘로 힘겨워하며
평생 볕 가득한 삶을 원하는 우리에게,
햇빛만 있다면 사막 같은 삶이 된다고 위로한다.


거센 비와 바람을 잘 견뎌내야만
아름답고 풍요로운 숲의 주인이 되는 것이다.


우리 시대와 삶의 다양한 주제를
깊이 있는 성찰로 담담히 풀어가는 작가의 글을 보면,
거리에 나뒹구는 작은 나뭇가지들에도
강한 바람 속에 지어 놓은 까치집에도
아련한 시선으로 오래 머무르게 된다.

"사람이든 나무든
직선보다 곡선의 삶의 자세나
형태가 더 아름답다.
 새들은 곧은 직선의 나무보다
굽은 곡선의 나무에 더 많이 날아 와 앉는다.

함박눈도 곧은 나뭇가지보다
굽은 나뭇가지에 더 많이 쌓인다.

그늘도 곧은 나무보다
굽은 나무에 더 많이 만들어져,
굽은 나무의 그늘에
더 많은 사람이 찾아와 편히 쉰다.

사람도 직선의 사람보다
곡선의 사람의 품 안에 더 많이 안긴다."

작가는 '일상 속 따스한 성자'를 기다리며
빛과 어둠이 함께 있어 더욱 찬란한 색채,
'당신이 있기에 내가 있는 삶'을 잔잔히 노래한다.

자연의 일부인 소나기처럼

인생의 한 부분으로서 고통을 받아들이며

삶을 살아가는 따뜻한 힘을 일깨운다.

## 02

비극 속의 낙관
『죽음의 수용소에서』
빅터 프랭클

오스트리아의 정신의학자 '빅터 프랭클'은

2차 세계대전 때

아우슈비츠 수용소에서의 경험을 생생하게 그려내며,

그것을 바탕으로 현대인들에게

자신만의 정신 분석 방법인 '로고테라피'에 대해 설명한다.

프랭클은 잔혹한 강제수용소에서

부모와 형제, 아내를 모두 잃었지만,

1977년 92세로 세상을 떠날 때까지

호수처럼 맑은 영혼을 지니고 있었다.

"가진 것을 모두 잃고, 모든 가치가 파괴되고,

추위와 굶주림, 잔혹함,

시시각각 다가오는 몰살의 공포에 떨면서

그는 어떻게 삶이라는 것이

보존해야 할 가치가 있는 것이라고 생각할 수 있었을까?"


생존을 위한 처절한 자신과의 싸움에서

기적처럼 살아남은 프랭클.

그의 이야기는 너무나도 생생해서

참혹한 전쟁 속 잔인한 인간의 모습에 대한 씁쓸함과

부조리한 삶 속에서

우리가 살아가야 하는 길을 제시해 준다.


"밖에 있을 때 지적인 활동을 했던

감수성 예민한 사람들은

육체적으로는 더 많은 고통을 겪었지만

정신적인 측면에서 내면적 자아는

다른 사람들에 비해 비교적 적게

손상 받았을 것이라고 생각한다.

그들은 정신적으로 자신을 둘러싸고 있는

가혹한 현실로부터 빠져나와 내적 풍요로움과

영적인 자유가 넘치는 세계로

도피할 수 있는 능력을 가지고 있었다.


별로 건강해 보이지 않은 사람이

체력이 강한 사람보다

수용소에서 더 잘 견딘다는

지극히 역설적인 현상도

이것으로 설명될 수 있을 것이다."


'왜 살아야 하는지를 아는 사람은

그 어떤 상황도 견뎌낼 수 있다'는 니체의 말처럼

작가는 좌절 속에서 살아남기 위한 '의미'를 찾게 된다.


누군가가 내뱉은 '아내'라는 말이

아내와의 사소한 일상을 그리게 하고

그 힘겨운 순간을 버티게 해준 것이다.


그는 이로 인해

'인간에 대한 구원은 사랑을 통해서,
그리고 사랑 안에서 실현된다.' 는 것을 깨닫는다.

"인간에게 모든 것을 빼앗아갈 수 있어도
단 한 가지,
마지막 남은 자유,

주어진 환경에서 자신의 태도를 결정하고,
자기 자신의 길을 선택 할 수 있는
자유만은 빼앗아갈 수 없다는 것이다."

척박한 환경에 있는 수감자라 할지라도
스스로 자기만의 색을 지켜갈 수 있고
의지에 따라 인간으로서의 존엄성을 지킬 수 있다.

지금 이 순간 힘겨운 삶에 절망하고 있다면,
작가가 제시하는 '비극 속에서의 낙관' 을,
그의 살아있는 이야기를 통해 만나보는 것은 어떨까.

## 03

## '헤세 루트'로 떠나는 잔잔한 마음 여행
## 『헤세로 가는 길』
정여울

"삶이 힘겹게 느껴질 때마다
신기하게도 내 손에는
헤르만 헤세의 책들이 쥐어져 있었다.

입시 지옥에서 헤맬 때는
'수레바퀴 아래서'를 읽고 있었고,

내가 누구인지 스스로도 알 수 없을 때는
'데미안'을 읽고 있었으며,

내게는 도무지 창조적 재능이 없는 것 같아

가슴앓이를 할 때는
'나르치스와 골드문트' 를 읽고 있었다.


의미 없이 나이만 먹는 것 같아
가슴이 시려올 때는
'싯다르타' 를 읽고 있었으며,


내 안의 깊은 허무와 맞서 싸워야 할 때는
'황야의 이리' 를 읽고 있었다.


(…)


헤르만 헤세는 스스로 상처 입은 치유자였기에
수많은 독자들에게
깊고 따스한 영혼의 안식처가 되어줄 수 있었다."


세상에 대한 이면을
처음으로 느끼게 되었던 사춘기 시절,
헤세의 책 숲을 헤매던 적이 있었다.

깊은 내면의 세상에서 진정한 자아를 찾아
방황의 길을 걸어온 그의 글은,
문장을 따라 그 향기를 헤아리는 것만으로도
내 스스로를 치유하게 만들었다.


헤르만 헤세.
그 이름만으로도 가슴을 울리는 작가.


떠난 지 50년이 지났지만,
그는 문학에 빠지는 사람이라면 누구나
스칠 수 없을 만큼
여전히 전 세계 독자들의 사랑을 받고 있다.


헤세는 독일의 작은 도시 '칼프' 에서 태어나
굴곡진 삶을 살았다.


신학교에 입학하여 억압적인 교육으로
7개월 만에 도망쳤으며,
짝사랑의 아픔으로 자살까지 시도한다.
자퇴 후 시계 공장과 서점 등에서 일하며 창작을 시작하지만

전쟁 반대의 이유로 독일에서 오랫동안 출판 금지를 당하고,
두 번의 이혼, 부인과 아들의 정신 질환으로
그도 정신과 치료를 받게 된다.

하지만 작가의 말에서처럼
'어떤 고난에도 굴하지 않고
아이처럼 순수한 마음으로 세상을 보고,
고통을 느끼며, 행복을 맛보았던 헤세'
이기에 지금까지도 많은 사람들이
그를 찾게 되는 것이 아닐까.

수많은 시간이 흘러도
여전히 변하지 않는 부조리한 삶.
그 속에서 방황하는 내면의 아픔을 지닌 사람들은
헤세와의 만남으로 영혼을 치유 받는다.

"헤세는 나이 들수록 독자들의 반응에,
언론의 호들갑에 일희일비하지 않으며
더욱더 '자기 안의 목소리'에 귀 기울일 줄 아는
숲 속의 현자로 늙어갔다.

나는 헤세의 그런 무심함을 닮고 싶다.
바깥세상의 세찬 말발굽 소리가
아무리 귓전을 때려도,

내 안의 고요한 목소리에 귀 기울일 줄 아는
영혼의 보청기를 항상 잊지 말아야겠다."


숨을 멈추게 하는 사진과 어우러진
주옥같은 헤세의 글,
작품에 대한 작가의 긴 사색들이 깊이 새겨진다.


'서울에서 뮌헨으로, 뮌헨에서 칼프로,
취리히에서 루가노로, 루가노에서 몬타뇰라로.'


작가의 '헤세 루트'를 따라
책을 품고 떠나고 싶다.


그 옛날 함께 했던 헤세를 통해
나의 '그림자'를 보듬고 싶다.

04

## 달콤쌉싸름한 인생
### 『딸에게 주는 레시피』

공지영


'네가 어떤 삶을 살든 나는 너를 응원할 것이다.' 에 이어
자신을 소중히 여기는 사람이 되라는 모든 부모의 마음을 담아
작가가 딸에게 보내는 편지.

이 책은 독특한 향기를 품고 있다.
'가장 단순한 것이 가장 질리지 않는다.' 는 작가의 가치관을,
27개의 초간단 레시피로 삶과 함께 버무리고 있는 것이다.

'엄마 없는 아이' 같은 날에는 어묵두부탕,
모든 게 잘못된 것 같이 느껴지는 날에는 꿀바나나,
자신이 초라해 보이는 날에는 시금치 샐러드.

'없으면 패스', '재료 투하', '치즈 가루를 성질대로 뿌린다' 등
누구나 쉽게 만들 수 있는 건강한 요리법을 보면 어느새 웃음이
절로 나온다.
요리에 자신 없는 사람이나 요리를 좋아하지 않는 사람도
한 번 따라 만들어 보고 싶게 하는 맛있는 글의 힘.


"어린 시절에 받고 싶었던 것을
자신에게 스스로 해주는 사람이 어른이다."


작가는 조금 더 살아온 인생의 선배로서
딸의 소중한 삶을 응원한다.
그녀가 보았던 돈 없는 젊은 배낭여행자들은
잘못하면 그저 허기를 채우는 음식인 '가난하고 빈한한 식사'를,
하얀 천 하나로 순식간에 문화로 만들어 품격 있는 식사를 한다.


그것을 보며 작가가 깨달은 것처럼
바로 이 순간, 우리가 있는 이 곳에서,
자신을 사랑하며 충실한 삶을 살아야 함을 되새길 수 있다.


작가는 말한다.

'네가 살아온 모든 날 중에서 오늘 네가 제일 아름답다.' 라고.

독자는 담는다.

그녀가 말한 돈으로 절대 살 수 없는, '마음의 평화' 를.


"지금 아르바이트를 하며 견디는 너의 시간들을

절대로 지금의 슬픈 시선 속에 가두지 마라.


꿈이 이뤄지면 그때는

그 시간들이 네게

얼마나 향기로운 거름 같은 때였는지

알게 될 거야."

## 05

## 오늘이라는 선물
## 『오늘은 당신의 남은 인생의 첫날이다』
은지성

"영원히 살 것처럼 꿈꾸고
내일 죽을 것처럼 오늘을 살아라."

흘려보내기 쉬운 하루의 귀한 의미를
새삼 느끼게 하는 책.

작가는 '힘들고 외로우면 눈치 보지 말고 맘껏 울라고 하며
남은 인생의 첫날인 오늘' 의 희망을 이야기한다.
시간과 하루를 목숨처럼 여기는 사람은
오늘이 두 번 다시 오지 않는다는 당연한 사실을 깊이 새기며,
켜켜이 쌓여가는 자신만의 충실한 하루를 만든다고 한다.

'봄, 여름, 가을, 겨울' 이라는 인생의 계절 속에 담긴
20명의 실존 인물들의 삶은 깊이 있는 사색의 길을 열어준다.

'스티브 잡스, 도스토옙스키, 권정생, 벤저민 플랭클린' 등
각 분야의 수많은 유명인들이
그 이면에 얼마나 큰 위기와 절망을 겪었는지 바라보게 하며,
긴 터널 속에서 남들이 비웃었던 자신만의 꿈을 찾아
기적을 이루는 과정을 고스란히 느끼게 한다.

내일이면 더 이상 볼 수 없는 사람처럼 오늘을 살아간다면,
우리는 누구나 기적의 주인공이 될 수 있다.

'연애, 결혼, 출산, 인간관계, 집, 꿈, 희망을 포기하던
칠포 세대에서 외모와 건강까지
'구포세대' 라고 일컫는 현대인들에게
지독한 고통 속에서 생을 마감한 36세,
두 아이의 엄마가 남긴 글을 건네고 싶다.

"살고 싶은 날이 참 많은데 저한테는 허락되지 않네요.
내 아이들 커가는 모습도 보고 싶고,

남편에게 못된 마누라가 되어 함께 늙어보고 싶은데 그럴 시간을
안 주네요.
죽음을 앞두니 그렇더라구요.
매일 아침 아이들에게 일어나라고, 서두르라고,
이 닦으라고 소리 소리 지르는 나날이 행복이었더군요.

얼마 후 나는 그이의 곁에서 잠을 깨는 기쁨을 잃을 테고,
그이는 무심코 커피잔 두 개를 꺼냈다가
한 잔만 타도 된다는 사실에 슬퍼 하겠지요.
딸아이 머리도 땋아줘야 하는데,
아들 녀석 잃어버린 레고의 어느 조각이
어디에 굴러 들어가 있는지는 저만 아는데,
앞으로는 누가 찾아줄까요.

6개월 시한부 판정을 받고 22개월을 살았습니다.
그렇게 1년 보너스를 얻은 덕에
아들 초등학교 입학 첫날
학교에 데려다 주는 기쁨을 품고 떠날 수 있게 됐습니다.
녀석의 첫 번째 흔들거리던 이빨이 빠져
그 기념으로 자전거를 사주러 갔을 때는 정말 행복했어요.

보너스 1년 덕에 30대 중반이 아니라 30대 후반 까지 살고 가네
요.

복부 비만요? 늘어나는 허리둘레요?

그거 한 번 가져봤으면 좋겠습니다.

희어지는 머리카락요?

그거 한 번 뽑아봤으면 좋겠습니다.

그만큼 살아남는다는 얘기잖아요

저는 한번 늙어보고 싶어요.

부디 삶을 즐기면서 사세요.

두 손으로 삶을 꽉 붙드세요.

여러분이 부럽습니다."

# 상처 어루만지기
## 『애완의 시대』
이승욱, 김은산

'애환' 이 아닌 '애완' 이라니, 제목을 보며 궁금해졌다.
모르는 다른 뜻이 있나 해서 사전도 찾아보았다.

＊[애완]
1. 동물이나 물품 따위를 좋아하여 가까이 두고 귀여워하거나 즐김.
2. 가련하고 어여쁨.

작가는 지금의 우리 시대를 어떻게 풀어가려는 걸까.

"우린 삶의 야생성과 자연성을 죽여 없애고,
서서히 산업화의 역군이라는

'자발적으로 순응하는 국민' 이 되어
애완의 시대로 들어섰다.


(…)


거리에는 목줄을 매고 길을 걷는 애완견처럼
넥타이를 매고 종종걸음 치는
직장인의 무표정한 삶으로 가득하다.


도시는 오직 욕망으로만 생동감을 얻는다.
더 괜찮은 애완견이 되려는 듯
욕망은 넘쳐나지만
인간으로서의 소망은 피폐하다.


더 많은 사료를 탐하는 듯
눈빛은 번들거리지만
짧게나마 인간이 되는 한순간
그 탐욕으로 인해 삶은 슬퍼진다.”


**청춘을 바쳐 일했지만**

여전히 경제적 비탄에 빠진 아버지.

가족에게 빼앗겼다고 생각하는 삶을

자식에게 보상 받으려는 어머니.

성공에 대해 머리로만 '시뮬레이션' 하는 아들.

억눌러왔던 상처로

가벼운 말 한마디에도 무너지는 '유리 멘탈' 의 딸.


이처럼 작가는 이 시대를 살아가는 사람들의 애환을

단지 개인의 문제가 아닌 사회의 문제로 확장시켜

그 원인을 찾아 해결책을 모색하고자 한다.


그에 따르면

국가 권력에 길들여지고 '덜 자란' 부모들이

또다시 '어른이 되지 못하는' 자식들을 키워내며

고통은 대물림 된다.


"부모 세대에게 아파트는

성공 신화에 대한 은유이자

행복한 가족에 대한 은유이기도 할 것이다.

그러나 자식 세대에겐

감독이 영화에서 말한 것처럼
모래 위에 지은 집처럼 부질없는 꿈이다.


그들에게 아파트는
모래처럼 늘 서걱거리는 부모와 자식 사이며,
모래알처럼 흩어진 채 쓸쓸히 살아가는
자신의 세대에 대한 은유다.
쓸쓸하게 부식해가는 아파트는
무엇보다 부모 세대 그 자체다.
언제든 부스러져 없어질 것처럼
위태롭기만 하다."


이처럼 부모와 자식 사이는 아득하다.
반목하거나 무심하지 않으면
부모를 견딜 수 없는 자식이 너무 많다.


이 책은 오늘을 살아가는 부모와 자식들에게
많은 생각을 하게 한다.
베이비부머 세대와 에코 세대는
너무나도 신랄하게 드러나는 자신들의 맨살에 깊은 반성을 할 수

도 있지만,

정치적 견해 혹은 개인의 가치에 따라서는

반감을 보일 수도 있다.


"IMF이후 무수히 등장한 불닭발집을 떠올렸다.

맛도 제대로 느낄 수 없을 정도로

입안이 온통 얼얼한데

사람들은 더, 더 매운 닭발을 먹고 싶어했다.


맛보는 것이 아니라 그저 삼키는 것이었다.

매운 맛은 맛이 아니라 고통에 가깝다고 했다.

제대로 씹을 수도, 음미할 겨를도 없이

우겨넣지 않으면 안 되는

그 무엇이 우리에게 있었다.


삶의 거대한 구조조정이 있었고,

자신의 뜻과는 무관하게 정리되고 퇴출되며

가격 파괴보다 더한 삶의 파괴를 겪었다.


(…)

'모두 병들었는데 아무도 아프지 않다.'
시인 이성복은 1970년대 말,
안으로 곪아가는 시대의 부패와
사람들의 무기력을 이렇게 표현했다.

어쩌면 우린 여전히
그 시대에 갇혀 있는지도 모르겠다.
우린 고통을 잊기 위해, 통증을 망각하기 위해
감각과 판단을 유기해온 것 같다.

입이 얼얼해지도록 매운 불닭발을 집어삼켰던 것처럼,
삶의 어떤 부분이 얼마나 허물어져 내리고 있는지,
무엇을 망각하고 있는지 가늠조차 안될 만큼."

정신없이 앞으로만 달려가는 시대.
더 나은 삶을 위해 전쟁 같은 하루를 보내도,
여전히 잘 살기에는 머나먼 세대.
경제적으로는 베이비부머 세대에 비해 나아졌지만
아직도 많은 사람들이
희망을 찾기 어렵다고 말한다.

'상처는 지나가는 것이 아니라 그냥 덮어지는 것'
이라고 작가는 말하지만,
이 책을 통해 마음이 가난한 수많은 사람들이
각자 자신의 상처를 그저 덮고 망각하는 것이 아니라,
돌아보고, 인정하고, 새롭게 나아갈 수 있었으면 한다.

07
—

## 희망의 샘물
### 『서로 사랑하면 언제라도 봄』
이해인

언제나 고운 말, 쉬운 말, 따뜻한 말로
40년 동안 수많은 사람들의 마음을
시로 흐르게 한 이해인 수녀님.

이 시집은 시인의
1999년 『외딴 마을의 빈집이 되고 싶다』의 시 순서를 바꾸고,
신작 35편과 함께 2015년 재구성 한 110편의 시를 담고 있다.

새싹 문화상, 여성동아 대상,
천상병시문학상 등을 수상하며
아름다운 시세계를 펼치던 시인은

2008년 6월, 대장암 3기를 선고 받는다.

"낯설다

나는 많이 아파
종일 누워있는데
창밖의 햇살은 눈부시고
새들의 노랫소리
그칠 줄 모르니
낯설다

너무 힘들어
문득 죽음이란 단어를
떠올리며 눈물 글썽이는데
무에 그리 즐거운지
웃고 떠드는 사람들
낯설다

삶이 외롭다는 생각을
하고 있는데

나를 찾아와서

자꾸 무언가를 부탁하는

착한 사람들

오늘 따라 매우 야속하다

낯설다"


수술 후 6차까지 모두 30번의 항암치료와

28번의 방사선 치료를 받으며

시인이 겪었을 낯설음의 날들은 얼마나 많았을까.


언제나 따듯한 위로로 넘쳐흐르던

그녀에게서 처음 느껴보는 낯선 시.

그래서인지 더욱 아리게 젖어든다.


"병상 일기 2


아플 땐 누구라도

외로운 섬이 되지


하루 종일 누워 지내면

문득 그리워지는
일상의 바쁜 걸음
무작정 부럽기만 한
이웃의 웃음소리

가벼운 위로의 말은
가벼운 수초처럼 뜰 뿐
마음 깊이 뿌리내리진 못해도
그래도 듣고 싶어지네

남들 보기엔
별것 아닌 아픔이어도
삶보다는 죽음을
더 가까이 느껴보며
혼자 누워 있는 외딴섬

무너지진 말아야지
아픔이 주는 쓸쓸함을
홀로 견디며 노래할 수 있을 때
나는 처음으로

삶을 껴안는 너그러움과
겸허한 사랑을 배우리"

찾아오는 불행을
원망하고 탓하며
온몸 가득 먹구름으로 채워
숨 막힘에 허덕이지 않고,

낯설음을 건너
더욱 깊어진 시인만의 감사와 사랑에
절로 고개가 숙여진다.

"시의 집

나무 안에 수액이 흐르듯
내 가슴 안에는
늘 시가 흘러요

빛깔도 냄새도
말로는 다 설명할 수 없어

그냥 흐르게 놔두지요

여행길에 나를 따라오는 달처럼

내가 움직일 때마다

조용히 따라오는......


슬플 때도

힘이 되어주는 시가 흘러

고마운 삶이지요"


읽다보면,

쓰다보면,

가슴 가득 차오르는 언어의 바다가

유난히도 깊게 느껴지는 날이 있다.


나무의 수액처럼

시인의 마음에 흐르는 시의 샘물,

늘 새로운 희망으로 다가오는 그 생명의 물이,

앞으로도 아주 오랫동안 흐르길

간절한 마음으로 빌어본다.

08
—

## 사랑을 잃은 상실의 조각들
『애도 일기』
롤랑 바르트

"그녀와 함께 살았던 시간 내내,

그러니까 내 평생 동안,

어머니는 단 한 번도

나를 질책한 적이 없었다."


84살의 나이로 세상을 떠날 때까지

아들에게 단 한 번의 질책도 한 적이 없다니.


마망(maman, 프랑스어로 '엄마')을 향한

짙은 애도를 담은 '바르트'의 2년은

그녀를 향한 사랑의 당연한 귀결이었던 것이다.

"빈소를 찾아온 너무 많은 사람들.

그럴수록 커지기만 하는 피할 수 없는 공허.

사람들 곁에서 혼자 누워 있는 어머니 생각.

한꺼번에 허물어지는 모든 것들.


거대하고 긴 슬픔의 성대한 시작인 이 모든 것들.


이틀 만에 처음으로 경험하는 것.

아무런 거부감 없이

나 자신의 죽음에 대해서 생각하다."


어머니가 돌아가신 다음 날부터

바르트는 노트를 사등분해서 만든 쪽지 위에

매일 메모처럼 〈애도 일기〉를 쓰기 시작한다.


사무치게 그리워하고

때론 잊은 듯 살아가지만,

오월의 칵테일 파티에서도,

아름다운 여행지에서도,

일로 몰아가는 일상에서도,

슬픔은 늘 바르트의 저 가슴 속 깊은 곳에서
그의 영혼을 어두운 안개로 잠식시킨다.


"산 사람은 살아야 하는 거야."
라고 내몰며 급히 세워지는 앞날의 계획들은
바르트에게 미래에 대한 광적인 집착처럼 느껴진다.


"나를 마망으로부터 떼어놓는 것
(그녀와 함께 있을 수 있는
나의 슬픔으로부터 떼어놓은 것),


그것은 시간의 지층이다
(점점 더 자라나는, 점점 더 두꺼워가는).


그녀의 죽음 이후 나는 이 시간의 지층 안에서
그녀가 없이도 살아갈 수 있었고,
그녀가 살았던 아파트에서 살고 일하고
외출을 할 수도 있었던 것이리라."


2년간의 〈애도 일기〉 쓰기를 마친 후,

5개월 만에 작은 트럭에 치이는 교통사고를 당하고
한 달 뒤 바르트 역시 생을 달리하게 된다.

공식적으로는 사고사이지만
그가 심리적 치료를 거부했다는 이유로
자살이라고도 여겨지는 바르트의 죽음.

마망이 없어도 바보 같은 삶은 계속된다던
그의 피 끓는 애도와 씁쓸한 죽음을 보며
'시간의 지층'으로도 떨쳐낼 수 없는 슬픔에 대해 생각해 본다.

사랑하는 사람을 잃은
그 절절한 아픔의 조각들이
마음 언저리를 맴돈다.

## 09

오늘이 마지막이라면
『숨결이 바람 될 때』
폴 칼라니티

"네가 어떻게 살아왔는지, 무슨 일을 했는지,

세상에 어떤 의미 있는 일을 했는지

설명해야 하는 순간이 온다면,

바라건대 네가 죽어가는 아빠의 나날을

충만한 기쁨으로 채워줬음을

빼놓지 말았으면 좋겠구나.

아빠가 평생 느껴보지 못한 기쁨이었고,

그로 인해 아빠는 이제

더 많은 것을 바라지 않고

만족하며 편히 쉴 수 있게 되었단다.

지금 이 순간, 그건 내게

정말로 엄청난 일이란다."

신경외과 레지던트로서
인생의 최고점에 도달한
서른여섯의 젊은 의사.

폐암 말기라는 극심한 고통 속에서도
자신의 존엄을 증명하기 위한
길을 묵묵히 걸었던 그는,
딸이 자신의 얼굴을 기억할 정도까지만
살고 싶다는 바람을 뒤로 한 채
세상과의 아픈 이별을 하게 된다.

"내 목숨은 사라지겠지만 글을 그렇지 않다."

그래서 그는 마지막 순간까지
스스로의 삶을 기록하려 했을까.
한 작가의 강연이 떠오른다.
평균 수명이 가장 짧은 직업이 작가라고 하는데,
그럼에도 불구하고 극한의 순간에서 조차

마지막까지 펜을 놓지 않는 것은

인간으로서의 마지막 자유라고 한다.

외부의 모든 억압으로부터 자기를 해방시키기.


나는 그럴 수 있을까.

극심한 몸의 고통과

다가오는 죽음이라는 정신적 고통 속에서

현재의 충실한 삶으로서

일상을 이어가는 그를 보며,

죽음조차 앗아갈 수 없는

스스로의 존엄에 대한

인간 정신의 승리를 느끼게 된다.


또한 작가가 전하는 의사로서의 삶과

환자로서의 삶은 의사에 대한 편견에도

새로운 시각을 준다.


삶과 죽음의 경계.

그 문의 열쇠를 잡고 있는 사람으로서의

권위적 모습이 아닌,

인간적 고뇌 속에서 그들도
희망이 필요한 존재였던 것이다.


폴은 내게 얼굴을 돌려
힘없는 목소리로 말했다.


"이렇게 가나봐."
"내가 당신 곁에 있어."
내가 말했다.


가족과 사랑의 커다란 힘을 다시 한 번 깨달으며
존재의 이유와 죽음에 대한 성찰을 안겨 준 책.


다시 돌아오지 못할 것처럼
오늘 하루를 살아간다면
순간순간이 얼마나 아련하게 젖어 들까.


마지막 페이지를 가득 채운
환한 웃음이 시리도록 눈부시다.

# 10

## 따스한 마음의 스위치
## 『신현림의. 미술관에서 읽은 시』
신현림

"나도 믿는다.

쉰 해 넘게 살아 보니 그렇더라.

쓰디쓴 날 뒤에는 다디단 날도 찾아오고,

그칠 것 같지 않은 비가 문득 그치며,

높은 파도일수록 더 산산히 부서진다.

나는 늘 주기적으로

지금의 시간들을 긍정하고

'괜찮다' 다독이는 글들을 찾아 읽는다.

인생을 살면서 나 스스로
잊지 않았으면 하는 바람이고
내가 받은 위안을
누군가도 받았으면 해서다.
위로는 쉽지 않으니까."

그림과 시에 문외한이라도
작가가 이끄는 길을 걷다보면
어느새 따스한 마음의 스위치가 켜진다.

혼자서 조용히 미술관을 거닐며
왠지 모를 짜한 생각 한 켠 담아
그림을 바라보는데
누군가 곁에서 시를 읊조리는 듯 하다.
그로 인해 깊이가 더해지는 그림들.

때로는 울컥한 마음
토해내게 하고,
때로는 잔잔한 위로로
어깨를 토닥여 주는 듯하다.

그림과 시 속에

아픈 삶과 사연이 가득 담겨 있어서일까.

계단처럼 내려앉은 제목 따라

더욱 짙어지는 감동.

진심으로 나의 삶을 함께 느끼며

같이 울어주는 듯한 위안을 주는 책.


그림과 시와

그것을 풀어가는

작가의 글을 보면

그의 바람처럼

나를 둘러싼 차가운 공기가 데워지는 것 같다.

# 11

## 참사람이 그리울 때
### 『선생님, 요즘은 어떠하십니까』
권정생, 이오덕

"나라고 바보 아닌 이상 돈을 벌 줄 모르겠습니까?

돈이면 다아 되는 세상이 싫어,

나는 돈조차 싫었습니다.


돈 때문에 죄를 짓고,

하늘까지 부끄러워 못 보게 되면 어쩌겠어요?


내게 남은 건,

맑게 맑게 트인 푸른빛 하늘 한 조각.


이오덕 선생님.

하늘을 쳐다볼 수 있는 떳떳함만 지녔다면,
병신이라도 좋겠습니다.

양복을 입지 못해도,
장가를 가지 못해도,
친구가 없어도,
세끼 보리밥을 먹고 살아도,

나는, 나는 종달새처럼 노래하겠습니다."

평생 병고에 시달리며
교회 문간방 종지기의 삶을 살았던
권정생 선생님.

베스트셀러 작가가 된 뒤에도
검소한 삶을 이어갔고,
인세를 어린이에게 되돌려주라는 유언으로
2009년 그의 유산과 인세를 기금으로 한
'권정생 어린이문화재단'이 설립되었다.

그와 같은 참사람이 그리운 세상이라
힘없는 사람과 세상에 대한 그의 따뜻한 시선,
그것을 고스란히 마음에 담아주는
이오덕 선생님의 혜안이 정겹고 아름다웠다.


'어머니 사시는 그 먼 나라'로
한 걸음 한 걸음 떠나는 마지막 모습까지
아리고 아팠던 책.


소쩍이와 부엉이,
교회당 지붕의 박쥐 부부를 노래하는
소박하고 맑은 영혼.


내 마음의 바라봄을 조금만 달리하면
온 세상이 이토록 따뜻하고 고마운 것을.


좁다란 마음에
배우고 또 담는다.

# PART
# 02

종이책, 또 다른 세상

## 01
---

**시린 언어의 숲**
『희랍어 시간』
한강

"마침내 그것이 온 것은
그녀가 막 열일곱 살이 되던 겨울이었다.
수천 개의 바늘로 짠 옷처럼
그녀를 가두며 찌르던 언어가 갑자기 사라졌다.

그녀는 분명히 두 귀로 언어를 들었지만,
두텁고 빽빽한 공기층 같은 침묵이
달팽이관과 두뇌 사이의
어딘가를 틀어막아주었다.

발음을 위해 쓰였던 혀와 입술,

단단히 연필을 쥔 손의 기억 역시

그 먹먹한 침묵에 싸여

더 이상 만져지지 않았다.


더 이상 그녀는 언어로 생각하지 않았다.

언어 없이 움직였고 언어 없이 이해했다.


말을 배우기 전, 아니, 생명을 얻기 전 같은,

뭉클뭉클한 솜처럼

시간의 흐름을 빨아들이는 침묵이

안팎으로 그녀의 몸을 에워쌌다."


처음 말을 잃었을 때, 그녀는

낯선 땅의 낯선 프랑스어에 의해 언어를 되찾았다.

그러나 그녀는 이혼과 함께 아이를 빼앗긴 후

다시 언어를 잃는다.


그런 그녀가

'사그러져 가는 희랍어'를 배우기 시작한 것은

아직 그녀의 삶에 희망을 놓치고 싶지 않아서일까.

'펄펄 내리는 눈의 슬픔'.
그녀는 일곱 살 자신의 아이가 지어 준
인디언식 이름을 닮았다.
사라져간 그녀의 말처럼
바람에 섞여 이내 사라져 버릴 것만 같다.

"시간이 더 흐르면
내가 볼 수 있는 건 오직 꿈에서 뿐이겠지요.

(⋯)

그때는 꿈에서 깨어나 눈을 뜨는 것이 아니라
꿈에서 깨어나 세계가 감기는 거겠지요."

말을 잃은 그녀와
눈을 잃어가는 그.

작가는 이 둘의 이야기를 기묘하게 교차시키며
마침내 시리기만 한 하나의 만남으로 이끈다.

침묵과 어둠.

둘은 이제

자신만의 고통 속에서

삶을 이어갈 수 있는 새로운 숨을 쉴 수 있을까.


"옛날의 탑을 닮은 조형적인 글자였다.


ㅍ은 기단,

ㅜ는 탑신,

ㅅ은 탑의 상단.


ㅅ-ㅜ-ㅍ 이라고 발음할 때

먼저 입술이 오므라들고,

그 다음으로 바람이 천천히,

조심스럽게 새어나오는 느낌을

그녀는 좋아했다.

그리고는 닫히는 입술.


침묵으로 완성되는 말.

발음과 뜻,

형상이 모두 정적에 둘러싸인

그 단어에 이끌려 그녀는 썼다.


숲. 숲.”


번역서를 읽다가 우리말로 된 소설을 읽으면

작가들만의 고유한 문체를

마음 편히 제 모습으로 음미할 수 있어 좋다.


작품 속 작가 한강의 문장은

고통을 노래하는 시와 같다.

시리도록 아름답다.

파란 새벽을 닮았다.


읽는 내내 가슴이 아리고 차가운 한숨에

먹먹함이 막막함을 불러일으키지만

자꾸만 한강을 또 다른 책 속에서 만나고 싶다.


“세계는 환이고 산다는 건 꿈꾸는 것이다.”

## 02

오늘보다 멋진 내일을 여는, 특별한 하루
『나미야 잡화점의 기적』

히가시노 게이고

"나는 작품을 쓸 때
어린 시절에 책읽기를 싫어했던
나 자신을 독자로 상정하고,
그런 내가 중간에 내던지지 않고 끝까지
읽을 수 있는 이야기를 쓰려고 노력한다."

아무리 제목과 표지가 주는 신비로움이 크더라도
450 페이지의 두꺼운 책을 처음 보면
의례 손사래가 쳐진다.

하지만 이 책은 작가의 말처럼 씌어졌다.

짧은 분량조차 쉽게 읽지 못하는 사람들을 비롯해
주변의 다양한 연령대의 독자들이
책을 펴고 오래 지나지 않아 외부와의 단절 속에
신비로운 잡화점 속으로 깊이 몰입했다.

이는 추리 소설부터 미스터리 판타지 소설에 이르기까지
폭넓은 장르의 작품들을 발표해 온 작가의 여력이,
작품 전반에 걸친 기막힌 묘사를 그려내기 때문이 아닐까.

"남의 고민을 상담해주는 일은
대개 분별력 있고
지식이나 경험이 많은 분이 해야 해요.
하지만 일부러 미숙하고
결점 투성이인 젊은이들로 했습니다.
타인의 고민 따위에는 무관심하고
누군가를 위해 뭔가를
진지하게 생각해 본 일이라고는
단 한 번도 없었던 그들이
과거에서 날아온 편지를 받았을 때
어떻게 행동할까,

우선 나부터 무척 궁금했습니다."

'쇼타, 고헤이, 아쓰야'는 날치기, 소매치기, 자판기 털기 등
폭력을 쓰지 않는 절도 행위를 하던 삼인조 도둑이다.
이들은 우연히 30여 년 동안 비어 있던
'나미야 잡화점'에 숨어들어 하루를 보내게 된다.
그들의 삶의 전환점이 될 아주 특별한 하루를 말이다.

바깥세상의 한 시간이 며칠의 날이 되는 나미야 잡화점에서
그들은 졸지에 고민 상담자가 된다.

그로 인해 인생에서 단 한 번도 없었던 일이 일어난다.
남의 고민 상담으로 인해
세 도둑에게도 기분 좋은 변화가 생긴 것이다.

세 도둑의 첫 고민 상담자인
1979년 펜싱 선수, 달토끼, '시즈코'.
생선가게 뮤지션, '마쓰오카 가쓰로',
처자식이 있는 남자와 사랑에 빠져 임신했다는,
'그린 리버'와 그녀의 아들,

훗날 '후지카와 히로시' 라는 가명으로 살아가게 될
폴 레논, 와쿠 고스케.
세 도둑의 마지막 상담자인 호스티스,
길 잃은 강아지, '하루미'.
가수 '세라'.
'나미야 유지' 와 그의 아들 '나미야 다카유키'.


이들의 얽힌 사연은 총 5장으로 구성되어 있으며
각각의 이야기는 아주 긴밀하게 연결되어
어느 것 하나 놓치지 말아야 한다.


"공부하지 않고도
시험에 백 점을 맞고 싶어요.
커닝도 안 되고 속임수도 안 돼요.
어떻게 하면 될까요?"


"선생님께 부탁해서
당신에 대한 시험을 치게 해달라고 하세요.
당신에 관한 문제니까
당신이 쓴 답이 반드시 정답입니다."

72세, 나미야 유지의 삶을 살아있게 만든 사건은

한 아이의 작은 고민으로 시작되었고,

그의 재치 있는 답은

놀랍게도 이 아이가 자라

교단에 섰을 때 문제의 열쇠가 된다.


'단 하룻밤 상담 창구 부활'.


눈에 보이지 않는 인연의 끈은

누구로부터, 어떤 이유로 시작 되었을까.

그 무엇이 세 도둑에게

새로운 삶의 기회를 열게 해 주었을까.


작가는 이 모든 인물들의 시공을 초월한

얽힌 고리를 기막히게 풀어내는데,

마지막에 이르러서야 비로소 독자는 무릎을 치며

각각의 인물과 사건이 빚어낸

숲 전체를 보게 된다.


"부디 내 말을 믿어 보세요.

아무리 현실이 답답하더라도

내일은 오늘보다 멋진 날이 되리라, 하고요."

03
—

## 보이지 않는 힘
### 『고요한 밤의 눈』
박주영

삶의 15년을 잃은 한 남자가 병원에서 깨어난다.

그는 자신이 누구인지 알 수 없다.

그저 자신을 잘 알고 있다는 Y와의 관계 속에서

지워진 기억의 퍼즐을 맞춰야 하는 것이다.

하지만 Y는 X의 대학시절 친구 역할을 맡은,

꿈꾸는 것이 불가능하다고 믿게 하여

아무 것도 하지 않도록 만드는 스파이다.

영화 〈트루먼 쇼〉가 떠올랐다.

태어나는 순간부터 30년 동안,

TV 쇼 속에서 24시간 관찰되었던 한 남자.
그는 자신이 살아온 세상이 거짓이라는 충격 속에
정체성을 찾아 고군분투한다.


영화 속 주인공만큼
내게도 커다란 휘청거림을 주었던 것은,
나 역시 살아가면서
보이지 않는 거대한 힘이
내 삶을 운명 지어 놓은 것이 아닌가
생각되었던 때가 있었기 때문이다.


소설 속 투명한 비밀 조직은
영화 속 진짜 세상의 방송국처럼
그들의 목적을 위해 세상을 조정한다.


"그들에게 책을 읽을 여유조차 없는 삶,
시간에 쫓기고 돈 앞에
망설이는 삶을 살게 하는 이유는
상상을 할 수 없게 만들기 위해서이다.

눈앞만 바라보고, 내일만 생각하고
심지어 오늘이 가장 걱정인 삶.
그래야 생각을 할 시간이 없다.

그들의 가장 큰 무기는 사색이다.
사색은 시간 없이는 불가능하다.
그리고 모여서 내면에 관한
대화를 해서는 안 된다.

그들이 고작 나눌 수 있는 대화는
매달의 카드대금과 아파트 대출금,
미래에 대한 건 돈 걱정뿐이어야 한다.
더 깊이 고민하는 건 절대 불가능해야 한다.
이렇게 사는 건 사는 게 아니다.
우리는 왜 이렇게밖에 살 수 없나.
생각하고 생각하면 위험해진다."

작가는 불편하지만 인정할 수밖에 없는
먼지 가득한 현실 세계를 날 것 그대로 보여준다.

그 속에서 거짓과 진실 사이를 오가며
'고요한 밤의 눈'과 투명한 손으로
세상을 조정하는 스파이와 함께
진정한 삶을 생각하게 해준다.

아무도 모르게
아침이 되면 다른 세상을 보여주는
'고요한 밤의 눈' 처럼,
어두운 세상을 바꿀 수 있는
패자들의 작은 힘에 희망이 비친다.

04
___

## 나만의 슈퍼 히어로
## 『할머니가 미안하다고 전해달랬어요』
프레드릭 배크만

『오베라는 남자』로 잘 알려진
프레드릭 배크만의 두 번째 장편 소설.

사람들에게 보이는 거친 언어와
괴팍하고 전투적인 행동.
사위 앞에서 옷을 벗고 다니는 등의 기괴함.

'나이에 비해 정정한 77살 할머니'는
엘사에게 만은 '살짝 기능 장애가 있는 슈퍼 히어로'이다.

학교 친구들의 심한 따돌림으로

소중한 목도리가 찢긴 날.
할머니는 손녀에게 나쁜 기억으로 남게 될 이 날을,
병원에서 탈출해 동물원 담을 넘고
경찰에게 똥을 던진 날의 기억으로 덮어 준다.
이 얼마나 특별한 할머니만의 위로인가.

"사람들은 할머니더러 미쳤다고도 하지만
사실 할머니는 천재다.
천재인 동시에
조금 엉뚱해서 그렇게 보이는 거다.

할머니는 소싯적 의사로 일하면서
상도 여러 번 받았고,
신문과 잡지에 소개도 여러 번 됐고,
남들은 빠져나오지 못해서
안달하는 끔찍한 현장들을 찾아가기도 했다.

전 세계 각지에서 사람들을 살리고
악의 무리와 싸웠다.
슈퍼 히어로처럼."

'나이에 비해 아주 성숙한 7살' 엘사는
사람들의 그러한 말이
'나이에 비해 어마무지하게 짜증나게 군다' 는
뜻이라는 걸 알만큼 특별한 아이다.

어른들의 맞춤법을 지적하고
'위키피디아' 로 지적 호기심을 해결하며,
해리포터를 좋아해서
가장 아끼는 것도 '그린핀도르 목도리' 이다.

할머니는 이런 엘사를
강력한 자기장을 보유한 중성자 별인 '마그네타' 가,
지구로 방출한 감마선 수치가 최고였던
'복싱 데이' 에 태어나서 특별하다고 말한다.

"눈을 반만 감고 잠이 들락 말락 한 그 순간,
눈이 스스르 감기는 마지막 그 순간,
이성과 본능의 경계선 위로
안개가 몰려오는 그 순간이
깰락말락 나라로 출발하는 순간이다.

구름 동물을 타고 가야 한다."

미아마스 왕국을 비롯해
6개 왕국으로 이루어진 이 나라에는
앙팡, 리그레터, 눈천사, 왕자, 공주,
기사, 울프하트, 괴물, 용 등이 살고 있다.

프레드릭 배크만은
바로 여기서 자신의 문학적 상상력을 크게 드러낸다.

할머니가 '미아마스 기사'인 손녀에게 남긴 마지막 미션을
엘사의 삶을 바꿔 줄 모험으로 만든 것이다.

한 아파트에 살고 있는 다양한 색깔의 사람들과
미아마스 왕국 인물들의 기묘하게 얽힌 관계에 대한 모험.
매력적인 꼬마 엘사와 함께 떠나보면 어떨까.

## 05

사물에 담긴 인생 이야기
『중국식 룰렛』
은희경

"천사들은 술을 가리지 않아요.
모든 술에서 공평하게 2퍼센트를 마시죠.

사람의 인생에서
자기도 모르는 사이에 증발되는 게 있다면,
천사가 가져가는
2퍼센트 정도의 행운 아닐까요.

그 2퍼센트의 증발 때문에
스스로 불행하다고 생각하는 사람들이
의외로 많은 것 같군요."

때로는 한 편의 연극,

때로는 드라마나 영화 속 한 장면 같아서

푹 빠져 읽을 수 있는 책.


『마지막 춤은 나와 함께』, 『새의 선물』 등

다수의 수작으로 유명한 작가 은희경이

8년 동안 쓴 소설을 엮어 만들었다.


'술, 옷, 신발, 가방, 책과 사진, 음악' 이라는 평범한 소재는

뛰어난 작가적 역량에 의해

인간에 관한 여섯 가지 이야기로 전개되는데,

부조리한 삶 속에 고독한 인간들이

서로 엮어 내는 에피소드들은 차갑고 냉소적이다.


"나쁜 뉴스를 보고

내 일이 아니어서 다행이라고 생각했다면

남의 행운 역시 부러워해서는 안 된다.


지금 역시도 그는 같은 생각을 하고 있었다.

살아오는 동안 큰 행운이 없었으니

0.01퍼센트의 불행 또한 오지 않을 것이라고.


대체 이처럼 비겁한 자기위안의 논리로

얼마나 많은 억울함과 박탈감에 굴복해왔던 것일까.


식은 밥 같은 중간지대의 안전이

그에게 남긴 것은 고독뿐이었다."


소설 속 등장하는 사람들은 특별하지 않은,

그래서 독자에게는 더욱더 특별한

평범한 우리 자신이다.


그들은 엇갈린 사랑에,

누군가의 대용품 같은 삶에,

별다를 것 없는 일상에,

진실을 외면한 채 순응하며 살아감에,


지치고 아프다.


하지만 작가는 '더 좋아진다는 뜻이겠지?'

라고 소설을 끝마친 것처럼

매 이야기마다 희망의 메시지를 암시한다.


"잘못 어른이 돼버린 사람에게도

아주 가끔 어린 시절의 짧은 꿈과

해후하는 순간이 있을 것이라고.


그것은 생의 찬란한 진품을 되찾는 순간이며.


그때 밤하늘에 폭죽이 터지고

불꽃의 그림자가 강물에 어리면서

진짜 축제가 시작되는 거라고."

## 06

### 같은 사건, 다른 기억
### 『뒤뜰에 골칫거리가 산다』
황선미

『마당을 나온 암탉』의 황선미 작가가
2014년 발표한 '뒤뜰'에 대한 담백한 이야기.

작가는 우리 모두에게 있는 자신만의 '아픈 뒤뜰'을
강 노인의 '골칫거리 뒤뜰' 이야기를 통해 빚어내고 있다.

"아마 나에게는
바닥을 알 수 없는 우물이 있는 모양이다.
거기에는 차마 끊어 내지 못한
두레박줄이 여전히 드리워져 있고
거기 어디쯤엔가 걸려 있던 풍경 하나를 건져 올린 건

목까지 차올라 삼켜지지 않던
외로움이 아니었을까.

커다란 나무 아래서 빈 의자를 보고
발이 묶여 버린 그 날, 왜 하필 아버지의 집에 남아 있던
기울어진 의자가 떠올랐는지."

작가의 말에서처럼 이 이야기는
'기울어진 아버지의 의자' 를 모티브로 시작되었다.

강 노인에게 있어 아버지는
'울지 않으려고 목구멍으로 삼키고 삼켜야만 했던 이름' 이다.

아버지와 함께 한 5년의 가슴 아픈 추억은
평생 트라우마로 남아 그의 인생을 지배한다.

그의 힘든 어린 시절은 짧았고
평생 성공한 사람으로 인정받으며 부유하게 살았지만,
그는 노인이 되었어도
'어린애의 한마디에 자존심이 바닥까지

무너져 버릴 수도 있는 내면의 문제'를 가졌다.


65세의 뇌종양 환자가 되어 돌아온 아픈 기억의 집.

그는 그 곳에서

'먹고 싶은 거 요리해 먹기,

악기 배워서 연주하기. 단 한 곡이라도!'

라는 계획을 실천하고자 한다.


하지만 뒤뜰에는 그의 신경을 건드리며

인생 자체를 바꿔 줄 '골칫거리들'이 가득하다.


그로 인해

'내 나무 심기, 산꼭대기까지 산책하기'라는 계획이 추가된다.


이처럼 작가는 '천국에서 쫓겨난 천사'인 아이들의 마음을 통해

어른을 위한 동화를 담담하게 그리고 있다.


"진실이라고 믿었던 기억이

오롯이 진실일 수 있는 확률은

과연 얼마나 될까.

이 작은 마을에서
몇 안 되는 어린애들이 겪은 일만도
이렇듯 다른데.

오해와 착각이 그대로 굳어져
평생 어긋나 버린 게
바로 자신의 삶이었다는 것을
강 노인은 도저히 믿을 수 없었다."

그의 삶을 꽁꽁 묶으며
억압하고 지배하던 모든 것들은
결국 그만의 기억이었다.

우리는 이처럼 자신의 기억만을 진실로 받아들인다.
그러나 하나의 사건 속에는
그것을 바라보는 수많은 다른 기억들이 있다.

우리 기억의 뒤뜰 속 상처도
어쩌면 누군가에게는 평범한 일상이 될 수 있는 것이다.

# 해빙기를 향한 바람
## 『반 고흐, 영혼의 편지』
### 빈센트 반 고흐

"겨울이 지독하게 추우면 여름이 오든 말든
상관하고 싶지 않을 때가 있다.
부정적인 것이 긍정적인 것을 압도하는 것이다.

그러나 우리가 받아들이든 받아들이지 않든
냉혹한 날씨는 결국 끝나게 되어 있고,
화창한 아침이 찾아오면
바람이 바뀌면서 해빙기가 올 것이다.

그래서 늘 변하게 마련인
우리 마음과 날씨를 생각해 볼 때,

상황이 좋아질 수도 있다는 희망을 품게 된다."

'고흐' 하면 살아있는 듯한
강렬한 노란 빛과
광기 어린 일화들이 떠오른다.

사는 동안 내내 부정적인 생각이
그의 삶 또한 절망적으로 이끌었다는 것을
어떤 책에서 본 적도 있다.

그러다가 얼마 전 이소영 작가 책을 보며
독한 압생트로 인해
세상이 노랗게 보였다는 것을 알고
문득 그가 궁금해 졌다.

내가 알고 있던 화려한 색의 그림이 아닌,
처음 보면 고흐의 그림이라고 생각할 수 없는
묘한 느낌의 그림도 나를 그에게로 이끌었다.

그렇게 해서 다가가게 된 '고흐의 편지'.

동생 '테오'를 향해 풀어 놓는 그의 고백을 보며
가슴 깊은 곳에서부터 아릿함이 밀려왔다.

걸림돌을 디딤돌로 만들어 가려는 그의 노력이,
그럼에도 불구하고 녹록지 않던 삶의 현실이
참으로 아프게 다가왔던 책이다.
그도 그저 작은 희망을 향해 삶을 일구어 가는
우리와 똑같은 하나의 사람이었던 것이다.

그의 마음을 담고 나니
자화상 속 그의 눈이
왠지 서글퍼 보인다.

'뿌리 깊은 고뇌'를
그림으로 표현해 내고 싶었던
37살의 짧은 그의 생에 고개 숙이게 된다.

## 08

## '기억의 예술' 속으로
### 『지평』
파트릭 모디아노

"기억의 파편들은
영원히 불가사의로 남을지도 몰랐다.

그래서 그는 그것들의
목록을 작성하기 시작했고,
어떤 날짜, 특정 장소,
철자가 가물가물한 이름 등
지표가 될 만한 것이나마 찾아내려 애썼다.

그는 검정 몰스킨 수첩을 한 권 구입해서
웃옷 안주머니에 넣고 다녔다.

덕분에 하루 중 어느 때고

깜박거리는 기억이

뇌리를 스치고 지나갈 때마다

메모를 할 수 있었다."


2014년 노벨문학상 수상 작가이자

『어두운 상점들의 거리』로 잘 알려진

'파트릭 모디아노'.

작가는 이 소설 역시 파리를 배경으로,

그만의 '기억의 예술'을 아름답게 풀어간다.


40년 전,

저 멀리 지평 너머로 아스라이 사라진 아픈 사랑.

60대의 '장 보스망스'는

자신의 삶 속에 묻힌 듯 잊혀졌던

깊게 패인 기억의 퍼즐을 하나씩 맞춰 간다.


오페라 대로를 걷다가 떠오른 한 사람의 얼굴로 인해,

그를 알게 한 '마르가레트'에 대한

기억의 조각들을 잇기 시작한 것이다.

20대 초반의 보스망스는
격렬한 시위대의 물결에 떠밀려 다친
마르가레트를 약국에 데려다주면서,
젊은 날의 열병 같은 사랑을 시작하게 된다.

"그는 늘 뒤로 멀찍이 물러나
인도 가장자리에 서 있었다.
째지는 듯한 종소리와 함께 건물에서
한꺼번에 쏟아져 나오는 사람들 무리에
휩쓸리지 않기 위해서였다.

처음에는 사람들 틈바구니에서
그녀를 놓치지나 않을까 걱정이 돼서
그녀에게 쉽게 눈에 띄는
빨간 외투를 입는 건 어떠냐는 제안도 했다."

둘은 부모와의 관계 속에 상처받은 영혼을 지녔고,
그것은 이제 막 성인이 되기 시작한
그들의 가난한 삶을 지배한다.

냉랭한 잿빛 눈의 한 남자에게 쫓기는

불안정한 자신의 연인이

결코 그곳에 정착 할 수 없음을 알기에,

보스망스는 그녀가 갑자기

그의 시야에서 사라질까봐

그처럼 불안했는지도 모른다.


현실이 된 슬픈 예감.

그녀는 왜 그를 떠나고,

연락하겠다는 약속을 지키지 못했을까.


20대가 60대가 되는 동안

수많은 '어수선한 시절의 밤기차' 가

두 사람의 인생을 스쳐가고,

서로의 기억마저 희미해진 조각으로 부서져 버렸지만

그 둘은 다시 기적처럼 같은 기차를 탈 수 있을까.

'같은 시간의 통로' 에서 서로 마주할 수 있을까.


"그들은 자주 나란히 길을 가지만,

각자 다른 시간의 통로를 걷는다.

서로 말을 하고 싶어도
마치 수족관 유리로 가로막힌 것처럼
상대의 말이 들리지 않는다.

내가 저 여자를 좇아간들 무슨 소용인가.
그녀는 나를 알아보지도 못할 것이다.

하지만 어느 날 기적이 일어난다면
우리는 같은 시간의 통로를 지날 것이다.
그러면 이 신시가지에서
우리 둘은 모든 걸 새롭게 시작할 것이다."

09
—

삶을 삼키는 서늘한 구멍
『홀』
편혜영

표지가 주는 서늘함.
빛을 품은 집도,
빛이 모두 사라진 집도,
가만히 바라보고 있노라니
뭔가 이 집에서 벌어지는 일들의
구멍 속으로 빨려 들어갈 것 같다.

평범한 일상, 사람과 사람 사이에
그 누구도 모르는 작은 '홀' 이 생기고
그 구멍은 걷잡을 수 없이 커져
어느 순간 삶 전체를 삼킨다.

"의사의 말을 곱씹었다.
'의지를 발휘' 해야 한다는 말에 담긴 비관과
'조금 더' 라는 말에 담긴
낙관 사이에서 갈팡질팡했다.

그럼에도 불구하고 오기는
의지를 발휘하라는 말보다
'조금 더' 라는 부사에
큰 의미를 두고 있다는 것을 깨달았다.

그 말은 조금 더 힘을 내면
괜찮아진다는 뜻 아닐까.

조금 더 힘을 내면
턱을 움직여 말할 수 있고,
제 발로 걸어서
검사실에 가게 된다는 뜻 아닐까.

말할 것도 없이 오기는
'조금 더' 세계에 의지했다.

오기는 무척이나 살고 싶었다."

예측할 수 없는 인생.
운명은 일순간에 오기의 삶을 뒤바꿔 놓는다.

아내에게 속물처럼 비춰질 만큼
성공을 향해 달리던 오기.

때로는 동료의 약점까지도
발판으로 삼아야 했던 그에게서
자신이 싫어하던 아버지의 모습이 보이지만,
그는 자신의 삶에 그 어떤 의문도 품지 못한 채
그저 평범하게 잘 살고 있다고 생각했으리라.

"당시에 오기는 아내의 그런
얕은 허영조차 사랑스럽게 여겼다.

아내는 자신이 하고 싶은 것을 분명히 알았고,
그것이 진심이라 믿었지만 대부분 해내지 못했다.

그 일로 깊이 상처받지 않고 훌훌 털었다.

그리고 재빨리 다른 대상을 찾아 찬탄을 지속했다.


그로써 아내는 동경과 욕망을 구별하는 법을

서서히 익혀나가는 것 같았다.


언제라도 태도와 취향,

의지를 철회할 자세를 취하면서

자신이 버릴 것과 간직할 것들을 구분해나갔다


남들이 보기에는 변덕스럽고

주관 없어 보일 뿐인 그런 성격도

오기에게는 매력적으로 느껴졌다."


사랑이 눈을 덮을 때는

매력적이라고 찬탄하던 것들도

그 색이 바래면

갈등과 떠나고픈 이유가 된다.


처음에는 갑작스런 사고로

인간적인 삶을 단 한 순간도 누리지 못하게 된

주인공에 대해 느꼈던 연민이,

그의 비뚤어진 시선에 의해 불편해진다.


아내에 관한 그의 서술은

지독한 이기심속에 사로잡혀 있다.


여섯 차례나 아내의 원고 초고를 살펴보며

지적하는 오기 때문에

아내의 이야기는 매번 서두가 바뀌었고

결국 아내는 집필을 포기하고 출판사와의 계약을 파기한다.


오기는 이것에 대한 그 어떤 연민도 이해도 없이

모든 것을 오롯이 그녀만의 탓으로 기억한다.


차를 서재로 가져온 그녀에 대해서도

정원을 만드느라 손톱에 낀 흙을 보며

그 손으로 요리한다니 밥맛 떨어진다고 회상하기까지 한다.


왜 그녀가 더 이상 원고를 그에게 보여주지 않으며,

왜 그토록 정원 가꾸기에 모든 것을 걸었는지
그녀를 이해하고자 하는 일말의 마음도 없었다.

"아내는 왜 제이와 오기를 오해한 것일까.
왜 실제로 일어나지 않은 일을 보았다고 믿은 걸까.

그 무렵 아내로 인생에 생겨버린
커다란 공동을 느낀 게 아니었을까.

자기가 애써 유지해온 삶이
헛것임을 알게 된 걸까.

그 공동을 메워보려고,
가짜라는 느낌에 시달리느라,
홀로 정원을 일구고,
서재에 틀어박혀 뭔가를 쓰고
완성하는 일에 실패하고
그럼에도 헛되이 계속 써왔던 것일까."

과연 오기의 기억은 맞을까.

오랫동안 멈춰졌던 그의 의식이 돌아오면서

모든 기억은 자신에게 유리하게만 남아 있는 건 아닐까.

그래서 그는 아내의 오해가

자신의 불륜의 시작을 가져왔다고 변명하고 싶은 건 아닐까.


설사 그날, 그의 말처럼

아무 일이 없었다고 해도

제이를 바라보는 오기의 시선에서

이미 아내는 미래를 직감하고 있었을지도 모른다.


아내의 의도에 의문을 품게 하는 사고는

계획된 것일까.

충동적인 것일까.

아니면 그저 우연한 것일까.


침대에 누워 아무것도 할 수 없는 오기.

창문 밖으로 보이는 작은 자유까지 사라지고

창살을 온통 휘감은 녹색 덩굴은 잔혹하다.


세상을 향해 '오기스럽게' 나아가려던 '오기'는

결국 거대한 '홀' 속으로 빠져 버린다.

오기에게 있어 여자들은 그의 삶의 전환점이 되었다.

10살 때 자살한 엄마는

그를 아동기와 결별하게 했으며,

아내는 그를 어른의 세계로 이끌어 주었다.

그렇다면 그에게 유일하게 남은 가족인 장모는

그의 인생에 또 어떤 전환점을 주게 될까.


영화 같은 전개와

탁월한 심리 묘사 속에

아내와 남편, 가족과 동료,

인간관계에서 생길 수 있는

자신도 알지 못하는 사소함의 '홀'.


그것이 불러일으키는

무시무시한 삶의 무게는

깊은 사색에 잠기게 한다.

# 10

## '소설의 고향'을 찾아서
### 『기나긴 하루』
박완서

"찬바람 난 지 언젠데
자꾸 속에서 열불이 나려고 해서
손사래로 부채질을 하다 말고 내가 미쳤지.
나는 세면대로 가서 찬물로
북북 세수를 하고 외출 준비를 했다."

그녀의 기나긴 하루는
치밀어 오르는 열로 시작된다.
그녀는 이 버거움을 남편에게 알리려 하지만,
그저 갱년기의 흔한 증상으로 치부하는 남편은
부부 사이의 틈이 이미 채울 수 없이

깊다는 것을 보여준다.


도대체 그녀의 기나긴 하루는 어떤 것일까.


모임의 이름마저 일본어의 의미를 지니고,
일제시대 경성사범에 입학한 것을
하늘의 별 따기라며
자랑스러워하는 시어머니.


평생을 초등학교 교사로 살아온
시어머니의 광범위한 사교 모임에서
'허울뿐인 맏며느리 노릇'을 하는 것.


"부모 자식 간에도
자유를 사고팔 수 있게 하는 게
돈의 힘이라는 걸 뒤늦게 깨달았지만
돌이킬 수 없는 일이었다."


20여년을 관심 밖에서 살아오다가
시누이의 이혼으로

과분한 중형 아파트를 받고
자유를 빼앗긴 그녀.

도로 뱉어놓고 싶을 만큼
울렁임이 차올라도
순응하며 살 수밖에 없는 현실.

가족 안에서도 갑을 관계를 맺게 하는
우리 사회에 만연한 물신주의에
씁쓸함이 차오른다.

왜 작가에게
'지난 삶을 부끄러워하고,
새로이 바라보고 살아가게 한다'
라고 했는지 알 것 같은 작품.

서거 1주기를 추모하며 펴낸 여섯 편의 소설 속에서
'소설의 고향'이라는 박완서 작가만의 힘을 본다.

첫 소설 『나목』 부터

그녀의 기나긴 하루들을

천천히 다시 따라 걷고 싶다.

# 11

예고 없이, 준비도 못한 채 맞게 되는 불행
『행복한 사람들은 책을 읽으며 커피를 마신다』
아녜스 마르탱 뤼강

"그들은 노래를 흥얼거리며 계단을 우당탕탕 뛰어 내려갔다.
그들이 차 안에서 신나게 노래를 부르며 깔깔대고 있는데,
트럭이 그대로 돌진했다고 했다.

나는 중얼거렸다.
둘 다 활짝 웃으며 마지막 숨을 거두었구나,
나도 그 자리에 있었으면 얼마나 좋았을까, 라고."

여느 때와 다름없이,
다소 시끄러운 평범한 일상의 이야기로 시작되는 소설.

지나치게 밝은 느낌의 책표지를 보며

그저 그런 수많은 파리 이야기 중 하나를 예상하다가

첫 페이지를 넘기는 순간

크게 한 대 얻어맞은 느낌으로 책장을 멈추었다.


소중한 이와의 마지막 이별은,

인생에 찾아오는 불행은,

이처럼 예고 없이 준비도 못한 채 맞게 된다.


"1년째 나는 매일 똑같은 말을 되뇌인다.

그날, 그들과 함께 죽었어야 했다고.

하지만 내 심장은 여전히 고집스럽게 뛰고 있다.

여전히 나를 살아 있는 이들의 세계에 붙들어 놓고 있다.

그것이 바로 나의 가장 끔찍한 불행이다."


'아녜스 마르탱 뤼강'은 6년간 임상심리학자로 활동한 경험을

그녀의 첫 작품 속 인물들의 심리 묘사에서

고스란히 전하고 있다.


남편과 딸을 잃고 도저히 일어설 수 없는 절망 속에서

자신을 놓은 채, 일상을 놓은 채,

하루하루를 버텨가던 주인공 디안느.

남편 없이 혼자서는 아무 것도 할 수 없었던 그녀는

평소 남편이 가고 싶어 했던 아일랜드로 떠난다.


'뮈라니'의 한 바닷가 별장에 칩거하여

생을 마감하려 했던 그녀는

에드워드와의 새로운 관계 속에서 다시 자아를 찾아

파리로 돌아간다.

디안느는 남편과 딸의 추억이 가득한 자신의 북카페에서

그들의 부재를 비로소 인정하며

자신이 주체가 될 수 있는 새로운 삶을 시작하게 된 것이다.


사랑을 잃은 삶을,

또 다른 사랑을 통해 치유한다는 것은

분명 진부한 소재이다.


이국적인 문화와 개인이 처한 극한 상황 속에서

느꼈던 것이 진정한 사랑일까 하는 것도 의문이다.

그래서 인지 작가는 새로운 사랑으로 이어지게 될지도 모를 에드워드와의 인연을 독자의 몫으로 남겨 놓는다.

이 책은 E-BOOK으로 작가가 자비 출판 후
프랑스의 아마존 베스트셀러 1위에 오른 화제의 소설이다.
이 후 베스트셀러가 되어 전 세계 20여 나라에 수출되었고,
영화화가 결정되어 미국에서 제작 중이라고 한다.

감당할 수 없는 불행한 삶 속에서
희망을 찾게 되는 치유의 드라마틱한 과정이
영화 속에서는 또 어떻게 그려질지 기대된다.

PART

03

읽는 대로, 쓰는 대로,
말하는 대로

## 01

삶을 변화시키는 연료, 즐거운 오독
『다시, 책은 도끼다』
박웅현

'그녀의 자전거가 내 가슴속으로 들어왔다',
'넥타이와 청바지는 평등하다',
'나이는 숫자에 불과하다',
'생각이 에너지다' 등의 잊을 수 없는 카피.
그것을 만든 카피라이터 박웅현이
『책은 도끼다』 이후 5년 만에 출간한 책.

전작이 애독되는 것과는 상관없이
제목과 표지만 설핏 보고
작가가 광고회사 대표라는 것에
상업적 일 것 같아 망설였지만,

읽어보니 감탄이 절로 나오며
생각의 유연함을 갖게 했다.

이 책은 작가의 8번에 걸친 인문학 강독회를,
18권의 책을 통해 정리해 보여주고 있다.

"책을 통해 알았으면 그것을
내 삶을 변화시키는 연료로 써야 하는 것이고,
삶에서 앎을 행하면서
바꿔나가야 된다는 말입니다.

다시 한 번 카프카입니다.
책은 얼어붙은 정신과 감수성을 깨는
도끼가 되어야 한다.

그래서 '책은 도끼다' 인 겁니다."

이처럼 작가는 책을 단지
스토리만으로 훑어보는 것이 아니라
천천히 곱씹어 자신만의 것으로 체화시켜

스스로의 감성과 생각을 깨고 나오라고 말한다.


비록 오독일지라도
나만의 해석으로 책을 바라보고,
천천히 새롭고 다양한 시선을 찾아
변화되는 자신을 느끼라는
작가의 독법에 깊이 공감하는지라
더욱더 몰입할 수 있었다.


"문장이 난해하고 불분명하며 모호하다는 것은
그 문장을 조립한 작가 자신이
현재 무슨 생각을 하고 있는지 모르겠다는
응석에 불과하다.


학식이 풍부한 사람일수록 쉽게 말하고,
학식이 부족할수록 더욱 어렵게 말한다.


모든 위대한 작가들은
다량의 사상을 표현하기 위해
소량의 언어를 사용했다."

결코 쉽지 않은 간결하고 쉬운 문체.
작가는 이것을 창의적이고 기발한 표현으로
자유롭게 구사하기 때문에,
독자는 마치 직접 강독을 듣는 듯
술술 읽어 내려 갈 수 있다.

독특한 시선의 작가를 통해
사소함을 주목하게 만들고,
니체의 『파우스트』나
살만 루슈디의 『한밤의 아이들』 같은 어려운 책도
편안하게 접근할 수 있는 용기를 준다.

『책은 도끼다』를 읽은 독자들이 말하던
책을 향한 지름신이 내게도 웃고 있는 듯하다.

세월을 두고 소개된 책들을 찬찬히 읽어 본 후
다시 한 번 이 책을 마음에 담고 싶다.

"나는 책을 오독하는 버릇이 있다.
그러나 내가 글을 쓸 수 있다는 것은

평소에 오독한 덕분이다.


- 김구용 시인 -


이 문장은 저를 위한 말입니다.
지금까지의 여덟 번의 강독은
아마 저의 오독이었을 겁니다.


여러분도 기꺼이 오독을 하시길 바랍니다.
정독은 우리 학자들에게 맡겨둡시다.


우리는 그저 책 속의 내용을
저마다의 의미로 받아들여
내 삶에 적용하고 실천하는
각자의 오독을 합시다.


그래서 그로 인해 좀 더 풍요로워진
사람을 살아가는 것이 어떨까요."

## 02

# 제 빛 찾은 보석 같은 책
## 『책탐』
### 김경집

'삶을 세 등분으로 나눠 25년은 배우고,

25년은 가르치고, 25년은 글 쓰며 살기를 꿈꾸는'

인문학자 김경집의 넘쳐도 되는 욕심, '책탐'.


그는 인간의 끝없는 탐욕 중

과하지 않아 용납 가능한 탐욕으로 '책탐'을 말하며

숨어 있는 보석 같은 책을 찾아 소개한다.


서점에 가면 '누워 있는 책'들,

즉 베스트셀러들이 제일 먼저 눈에 띄는 게 사실이다.

작가는 이것을 다른 시각에서 바라본다.

베스트셀러가 사람들을 이끄는 힘이 있는 것은 사실이지만,

그게 모두 좋은 책이 아니라는 것이다.

자금력 있고 마케팅 능력이 강한 대형 출판사들이

출판 시장을 독점하기에

'의도적 거부' 로서 작가의 시선은

일반 세태와는 다른 곳을 향한다.


마케팅 능력이나 자본력은 없지만

나오자마자 '눕지' 못하고 '꽂혀서'

자기 얼굴조차 제대로 보여주지 못한 채 잊혀지는 보석 같은 책.

작가는 이러한 52권의 책을 독자에게 소개하며

숨겨져 있던 제 빛을 되찾아 준다.


그의 책탐은 따뜻한 시선을 담고 있다.

또한 '하나의 주제 안의 두 권 이상의 책을 소개' 해

독자들에게 읽는 즐거움까지 선물한다.


이 책은 두고두고 필요할 때

조금씩 곱씹으며 다시 찾아 읽기를 추천한다.

"인문학은 흔히 생활과는

무관한 학문이라 치부하기 쉽다.

하지만 여기 이 책에 소개된 책들을

따라가다 보면

진정 인문학이야말로

'유기농 성공 밥상'이라는 생각이 절로 든다.


그동안 자기계발과 성공이라는 미명하에

인공조미료로 뒤범벅된 패스트푸드 같은

자기계발서들만 편식해왔던 건 아닌가하는 자조가 인다.


이젠 천천히 그리고 깊게,

그가 추천하는 책들을 탐하며 감성을 살찌우고

삶을 지혜롭게 살기 위한 내공을 기르고 싶다.


-김준범 / EBS 〈대한민국 성공시대〉 PD - "

## 03

### 나는 읽는다, 나는 살아있다
### 『종이책 읽기를 권함』
김무곤

"나는 읽는다.
오늘도 나는 읽는다.

숲에서, 산꼭대기에서,
바닷가에서, 하늘 위에서,
기차에서, 찻집에서,
도서관에서, 잔디밭에서,
사랑하는 사람의 무릎 위에서…

나는 읽는다.
나는 살아 있다."

이 책은 ‘책 읽는 바보’,

우리 시대의 한 ‘간서치’, 김무곤 작가의 말에서처럼,

‘우연히 같은 시대에 태어나 지금도 어디선가

홀로 책을 읽고 있는 사람들에게 보내는 응원가’ 이다.


작가는 간서치다.

그러기에 독자에게 책읽기에 대한 유용함을

논리적으로 설교할 법도 하다.


하지만 그는 다르다.

때로는 ‘그까짓 책’ 이라고도 서슴지 않고 말하며

일반인의 마음을 대변한다.


고교 시절부터 읽기 시작하여

아직까지 읽지 못한 괴테의 ‘파우스트’ 이야기는,

같은 경험의 독자를 위로한다.

가끔 책을 수면제 대용으로도 사용한다는 고백은

독자로 하여금 공감의 웃음을 자아낸다.


거기에 프랑스 작가 ‘다니엘 페나크’ 가 말한

'독자의 10가지 권리' 에 대한 언급은

독자들에게 책을 향한 무장해제 된 마음을 준다.


"1. 읽지 않을 권리.

2. 건너뛰어서 읽을 권리

3. 끝까지 읽지 않을 권리

4. 연거푸 읽을 권리

5. 손에 집히는 대로 읽을 권리

6. 작중 인물과 자신을 혼동할 권리

7. 읽는 장소에 구애받지 않을 권리

8. 여기저기 부분적으로 읽을 권리

9. 소리 내어 읽을 권리

10. 읽고 나서는 아무 말도 하지 않을 권리"


이처럼 작가의 솔직하고 독특한 관점과 서술은

책을 읽으라는 그 어떤 강요보다도

더욱 설득력 있게 독자로 하여금

읽고 싶은 마음을 이끌어낸다.


작가는 부모에게, 선생님에게,

또는 아내에게 핀잔 받는 책 읽기야말로
책 읽는 자에게 지고의 쾌락을 안겨준다고 말한다.


수업시간에 선생님 눈을 피해
교과서 아래에 숨겨두고 읽는 책,
중간고사 시험기간에 시험공부를 제쳐두고
자꾸만 눈이 가는 소설책,
이런 '목적 없는 독서'를 사랑한다.


이러한 독서를 하는 사람들은
'목적 있는 책읽기'만 주로 한 사람들에 비해
세상을 보는 눈이나 다른 사람들을 이해하는 마음이
더 깊고 따뜻하다고 한다.


작가의 바람처럼
천천히 읽다가, 덮었다가, 다시 읽다가,
때때로 종이 행간과 여백을 지긋이 바라보았다.


책장을 넘기며 손으로 전해지는 감촉과
코끝에 스치는 책의 향기가 행복을 전해 준다.

## 04

## 아름다운 이별
## 『엄마와 함께한 마지막 북클럽』
월 슈발브

"너는 네가 할 수 있는 일만 하면 되는 거야.
하지 못한 일은, 그냥 하지 못한 일인 게지."


이런 말을 해주는 사람이 지인이라면
그것도 자신의 엄마라면
이 사람의 삶에는 얼마나 큰 용기가 함께 할까.


직장을 그만두려는 오랜 망설임의 아들에게
당장 그만두라고 말하며
무거운 아들의 어깨를 가볍게 털어 내는 엄마.

자신의 건강이 아무리 나빠져도
해오던 일을 줄이거나 짊어진 짐을 내려놓지 않는 엄마.

췌장암 말기의 혹독한 아픔을 겪으면서도
책을 놓지 않으며 마지막까지
아들과의 북클럽을 이어가는 엄마.

"그리고 너한테 부탁할 것도 하나 있어."
어머니가 덧붙였다.
"도서전에서 좋은 책 하나만 가져 오렴.
네 아버지도 같이 읽으면 좋을 거야."
나는 집으로 가져갈 책을 어찌나 많이 챙겨두었던지,
어떤 것을 짐가방에 넣어 가져가고,
어떤 것은 우편으로 부쳐야 할지
미리 생각해보고 정리를 해야만 했다.

살아가며 아무리 슬프고 힘든 순간에도
책속에서 피난처를 찾았던 그의 어머니와
작가의 대화가 어찌나 아름답고 따뜻하던지.

그가 풀어가는 어머니와의
마지막 북클럽 이야기들은
삶의 마지막이 주는 슬픔을 드러내지 않는다.

어머니의 임종조차 담담하게 서술해 가는 것은
그 어떤 가족들도 할 수 없는
꽉 찬 하루하루를 함께 나누었기 때문이 아닐까.

어머니의 침대 옆에 마지막 놓여진
〈하루하루를 살아갈 힘〉이라는 책.
그녀의 말이 오래도록
깊은 울림으로 마음언저리에 머문다.

"그리고 한 가지 더.
내가 사람들에게 장례식에 와서
내내 울기만 할 것 같으면,
아예 참석하지 말라고
다시 한 번 이야기해뒀어.
나는 이미 준비됐지만,
그래도 아직 여기 있잖니."

05
———

깊은 시선의 어루만짐
『마음사전』
김소연

"내 입에서 나온 마음 관련 낱말

하나하나에 밑줄을 긋고,

주석을 달며 말하는 습관이 생겼다.


(…)


배두인들에게는

'낙타'를 지칭하는 낱말이

천 가지도 넘는다고 한다.


이누이트들에게는

'눈' 의 종류를 구별하는 어휘가
수십 가지는 된다고 한다.

스콜이 매일매일 퍼붓던,
적도 근처의 어느 뜨겁던 나라엔
'소나기' 를 뜻하는 낱말들이 셀 수 없이 많았다."

외롭다는 말의 설명을 위해 하룻밤을 새우며,
'마음 경영이 이 생의 목표로,
생활의 경영은 다음 생으로 미뤄놓고 있다' 는
김소연 시인이 자신의 어법을 정리해 만든 마음 사전.

한 장 한 장
주옥같은 글귀에 감탄하며
작가만이 펼칠 수 있는 깊은 시선과
범접할 수 없는 표현의 샘물에 찬사를 보낸다.

"처참함은 너덜너덜해진 남루함이며,
처절함은 더 이상 갈 데가 없는 괴로움이며,
처연함은 그 두 가지를 받아들이고

승인했을 때의 상태다.

(…)

누군가가 우리를 처참하게 했을 때,
우리는 행동할 게 없어지고 말이 쌓인다.

하지만, 누군가 우리를 처절하게 했을 때,
우리는 말이 없어지고 대신
처신할 것만 오롯이 남는다.

(…)

처참함 때문에 우리는 죽고 싶지만,
처절함 때문에 우리는
이 악물고 살고 싶어진다.

처연함은 삶과 죽음이 오버랩 되어서
죽음처럼 살고,
삶처럼 죽게 한다."

자신의 언어에서처럼

'육체에게 주는 에너지, 밥' 보다

'마음에게 주는 에너지, 차' 를 더 즐길 것 같은 시인.


첫 시집 후 10년 만에 두 번째 시집을 낼만큼

작품 사이에 큰 기다림이 있는 작가.


그녀의 경탄할 만한 다음 작품은

또 몇 년을 기다려야 할지 모르지만

시인이 풀어가는 또 다른 시선에 온 마음이 쏠린다.


그동안 이 '마음사전' 한 권만을 가지고도

그녀가 다듬어 놓은 마음의 결을

체화시키기에 모자랄 것이다.


"당신을 착시하기 때문에

나는 당신이 아름답다.


노을이 아름답게 타오르는 것이

우리 눈의 착시이듯이,

내가 보고 있는 당신이

허상인 줄 알면서도

나는 당신을 믿는다.

노을을 믿듯이."

작가만의 언어의 바다,

단단한 마음 경영의 세상에서

하루하루를 강건하게 채워가고 싶다.

## 06

블로그 10년, 쓰기의 힘
『서민적 글쓰기』
서민

"나에게 글쓰기는,

솔직함이다. 간결함이다.
꾸준함이다. 비유하기다.
돌려까기다. 웃기기다.
정확함이다. 삐딱함이다.

...... 지옥훈련이다!"

내성적 성격의 말없는 아이,
외모 콤플렉스로 늘 자신이 없어

친구들에게는 따돌림을,

선생님에게는 외면당했던 어린 시절.

작가는 소통을 위한 방법으로 '글쓰기'를 선택한다.


그리고 이 책을 통해 작가는

자신의 삶을 통째로 바꿔 준 쓰기의 힘을,

10년간의 글쓰기 지옥훈련 소개로써

독자들에게 생생하게 전하고 있다.


단국대학교 기생충학과 교수인 작가는

특유의 유머를 곁들인

적나라한 진솔함으로

칼럼, 책, 논문 등에서

'서민적 글쓰기'로 주목받고 있다.


특히 '파워 블로거'로서 보여준

그만의 독특한 스타일의 글쓰기는

더욱더 내게 매력적으로 다가왔다.


"글을 한글파일로만 가지고 있으면 좀 심심하다.

바로 책을 낼 게 아니라
글쓰기 연습을 하는 경우엔 더더욱 그렇다.

이럴 때 블로그가 필요하다.
블로그에 글을 올리고
사람들이 반응이라도 보이면,
지옥훈련이 덜 외롭다.

또한 블로그를 통해 다른 사람과 교류하다 보면
자기 글의 문제점을 깨달을 수도 있으니,
한글파일로 쓴 글은
블로그에 저장하는 습관을 들이도록 하자."

내게 있어서도 블로그는
매일 책읽기와 포스팅 올리기를 통해
글쓰기 매니저 같은 역할을 한다.
게다가 같은 주제로 다양한 생각을 만나고
따뜻한 소통을 할 수 있어
보다 너른 시선과 유연한 생각을 갖게 해준다.

그러기에 서민 작가가 알려 주는
'블로그를 통한 글쓰기' 실력 향상 비법과
'서평에 대한 금기 사항'은
보다 많은 공감과 힘을 준다.

또한 '칼럼'과 '술일기'에서 보여주는
서민식 유머와 돌려까기
서술은 감탄을 자아낸다.

첫 책 『소설 마태우스』와
연이어 실패한 두 권의 책들에 대한
가감 없는 비판.

그렇게 당당히 스스로를 인정하고 노력해 나갔기에
오늘날 크게 성장한 그가 있는 게 아닐까.

"10년 전 생각이 난다.
원고를 들고 출판사를 찾아다니던
그 춥던 시절.

그 시절에 비하면
책을 내주겠다는 출판사가 여럿 있는 지금은
내 인생의 전성기가 아닐는지.

물론 글에도 유효기간이 있을 테고,
사람들이 내 글에 식상해지는 날도
머지않아 오겠지만,
그때까지는 열심히 글을 써야겠다.

너무 말없이 지낸 기간이 길어서 그런지,
내겐 아직도 하고 싶은 말이
많이 남아 있으니 말이다."

자신만의 열등감을 극복해 내는 방법은
사람마다 각기 다양하다.
작가는 그것을 '쓰기의 힘'으로 이겨냈다.

그는 3년만 열심히 노력하면
누구나 글을 잘 쓸 수 있다고 말한다.
그의 말을 힘으로 하여,

깊이 있는 철학을 담은 간결한 글을 위해

오늘도 읽고, 글로 말하는 하루를 꿈꾼다.

## 07

## 책에 머무른 추억
## 『헌책이 내게 말을 걸어왔다』
윤성근

"책 읽기를 좋아하는 사람은
인터넷으로 가격을 비교하며 책을 산다.

그보다 책을 좋아하는 사람은
반드시 서점에 가서
눈으로 보고, 손으로 느껴본 다음 산다.

그보다 더 책을 좋아하는 사람은,
책과 사랑에 빠진 사람들은 헌책방에 모인다.

헌책방은 오래된 책을 사는 곳 이상으로

큰 의미가 있다.

그곳은 책과 사람이 만나 사랑을 나누는 장소다."


우연히 도서관 서가에서

제목의 이끌림으로 펼치게 된 책.


모든 것은 40년 전에 쓴 글씨로부터 시작되었다니

어떻게 이런 책을 만들었을까.


정말 책을 사랑하지 않고서야

이런 책을 기획하고 만들어 낼 수 없다.


오랜 기간 헌책방에서 일해 온 작가는

책 속의 서툰 글씨들을 사진으로 찍어 오다가

마침내 모아온 그것들과

자신의 생각을 더해 근사한 책으로 엮어 냈다.


'헌책방은 책이 여행하는 곳'이라는 작가는

〈이상한 나라의 헌책방〉을 운영하고 있다.

"책속에 남긴 문장이 편지이건 사랑고백이건

내가 보기에 한 가지 분명한 공통점이 있었다.

내용이 모두 너무도 솔직하고

진심이 느껴진다는 것이다.


때론 아주 짧은 문장을 보고서도

그 글씨를 쓴 사람에게 이끌려

깊은 상상 속으로 미끄러져 들어가는

경험을 한 적도 많다.


책 속에 글씨를 남긴 사람을

직접 만나보고 싶다는 생각을 한 일은 셀 수도 없다."


나 역시 헌책에서

다른 이들의 사연이 담긴 글들을 보며

이토록 사랑의 마음을 담아 선물한 책이

왜 이곳에 있을까 하는 쓸쓸한 생각에

그들의 사연을 상상해본 적이 있다.


그런데 실제로 작가는

1974년 책 속 한 주소와 이름만으로

2년 만에 간서치, '홍광식' 변호사를 찾았고,

그것을 계기로 이 책을 내게 되었다고 하니 참으로 대단하다.


"시대가 주는 부담중량은

그 어느 때보다도 무거웠다.


캠퍼스는 하루가 멀다 하고

메케한 최루 가스에 뒤덮였고

시위에 나서는 이에게도

도서관으로 향하는 이에게도

시대가 안긴 고뇌와 죄의식이

저마다의 방식으로 깊숙이 자리해 있었다.


그렇기에 더욱 나 자신에 대해 고민했고,

자유와 진리, 선과 정의,

희망과 절망을 탐색했으며,

책에서 그 답을 찾으려고 노력했다.


부담중량을 이기고 어두운 터널을 빠져나와

다음 시대를 만들어온
그들의 아름다운 흔적들이 여기 있다."

책 속 투박한 글씨의 주인공들은
대부분 1980년과 1990년대의 청춘들이다.

그들 중 누군가는
세 시간 탐색 끝에 선물할 시집 한 권을 사고,
또 다른 누군가는
책 한 면 가득 소중한 사람에게
기나긴 편지글을 남긴다.

긴 향수를 자아내는 도서관 대출표,
책속에서 발견한 천 원 한 장,
행운의 네잎클로버 세 장 등
헌책들은 제각기 영화 같은 사연을 품으며
읽는 이의 삶을 성장시킨다.

책을 찾아 책방을 헤매고,
주머니에 남은 이틀 치 점심 밥값으로 시집을 사는

그 시절의 풍요로운 마음이 그립다.


"이 메모를 남긴 당신이
어떤 아픔을 맞고 있었을지는 알지 못합니다.


흔들리는 마음을 다잡으며
그 시간을 딛고 건너왔음은 알 것 같습니다.


저도 살아가겠습니다.
사랑하며, 끈질기게.


그 때 당신이 그렇게 눌러 쓰며 결심한 것처럼."

## 08

## 마음속의 스위치를 바꾸는 힘
## 『행운을 부르는 말의 비밀』
이쓰카이치 쓰요시

"말에는 생명력이 있고,

내뱉은 말 그대로의 인생을 산다."

여행지에서 우연히 만나게 된 이스라엘 할머니.

낯선 세상이 주는 신비로움만큼이나

기묘한 할머니와의 만남은

작가의 삶을 송두리째 바꿔 놓는다.

말하는 대로 이루어진다는 것은

유행가 가사에도 쓰일 만큼 보편화 되었지만,

사용하는 말에 따라 현실에 영향을 준다는
'언령' 과 '언혼' .
말에 깃든 그 영적인 힘이
신선하게 다가온다.

" '운이 좋다' 는 말을 하면
반드시 운이 따른다는 것입니다.

단,  '운이 없다' 는 말을 하는 순간
운을 전부 잃어버립니다.

그러니 주의할 필요가 있습니다.
'운이 없다' ,
'운이 나쁘다' 는 말은 하면 안 됩니다."

자동차 사고 때도 반사적으로 나오는
'행운을 부르는 마법의 말' .

길지 않은 책 속에서
작가가 풀어가는 이야기는

그 어떤 자기계발서보다

가슴을 울리며 삶을 움직인다.


"마법의 말을 아무리 반복해도 로또에 당첨되지 않는다는

엉뚱한 말을 하는 분들이 간혹 있습니다.

마법의 말이란 무에서 유를 창조하는 '요술지팡이' 가 아니라

본래 자신이 갖고 있는 장점을 발휘하도록 도와주는 지혜입니다.

그리고 꾸준히 노력해서 실력을 쌓은 사람에게

큰 결실을 맺어주는 기회를 주는 것입니다."


자칫 작가의 말을

있는 그대로만 받아들인다면

결코 그 말은 행운을 불러 오지 못한다.


자신의 말에 대한 강한 믿음 속에

구체적인 노력을 해야만

그 소원이 가속화 되어 이루어진다는 것이다.


버티어 내야 한다는

치열하고 힘겨운 오늘의 삶 속에

작가가 전하는 마법의 말로

'마음속의 스위치' 를 바꾸어 보면 어떨까.

## 09

## 살아있는 수업
## 『이야기 넘치는 교실, 온작품 읽기』
신수경, 이유진, 조연수, 진현

올바른 교육을 위한

수많은 이야기와 교육적 시도가 있었지만,

선행을 위한 내달림으로

아이들의 삶은 여전히 고되다.

쌓인 학원 숙제를 마치고

또다시 책상 앞에 내밀어진

권장도서를 읽고 독서록을 써야 하는 건,

즐거운 책읽기가 아닌 또 하나의 해야 할

버거운 숙제일 뿐이다.

그러니 힘들이지 않고 눈과 귀를 즐겁게 해주는
자극적인 스마트폰 세계의 유혹은
어쩌면 당연한 결과가 아닐까.

아이들에게 오랫동안 글쓰기를 가르쳐 오고 있지만
발췌본으로 주제를 찾아하는 틀안의 교육과
천편일률적 글쓰기에는 반감을 가지고 있다.

할 수만 있다면
스스로 읽고 마음껏 쓰며
배우지 않아도 좋은 글을 쓸 수 있다.

이 책은 그것을 위한 소신 있는 선생님들의
깨어있는 교육의 장을 담고 있다.

"교과서는 참 특별한 재주를 가졌다.
아무리 좋은 시라도 그 안에 담기는 순간
그저 그런 글로 만들어 버린다."

공교육을 못 믿는 현실이다.

누구보다 전문적인 선생님이지만,

학부모들은 보다 전문적이라 믿고 싶은

학원 선생님의 수업을 더 선호한다.


하지만 주위를 둘러보면 각자의 자리에서

살아있는 교육을 위해 애쓰는 선생님들이 많다.


이 책은 '풍부한 독서 경험을 통해 평생 책 읽는

사람으로 성장 할 수 있도록 한다' 는 생각으로

전국초등국어교과모임 수원 지역

'책과 노니는 교실' 의 교사 4명이

아이들과의 살아있는 수업을 엮어 만든

보물 같은 교육의 현장을 보여준다.


김영하 작가도 최근 한 프로그램에서

자신의 소설 일부의 교과서 싣기를 거절하고

작가 의도를 찾아 교육하는 현실을 비판했다.


제목과 내용이 바뀌어 지기도 하는,

조각조각 멋대로 기워진

교과서속 문학 읽기를 탈피하고
학교에서 이루어지는 '온작품읽기'를 통한
제대로 된 시 읽기와 동화 읽기.

"온작품 제대로 읽기는 이렇게 요약할 수 있다.

읽어주기를 통해 작품을 '듣고',
그 과정 속에서 각자의 생각을 '말하고',
다시 작품을 '읽고',
자신의 생각과 느낌을 '쓰고'
친구들과 '토론하고'
더 나아가 다시 깊게 '쓰는' 과정을 거친다.

이것이야말로 '총제적 언어 교육'이며,
교실을 바꾸고 아이들의 삶을
바꾸어 나가는 실천적 교육 방법이다."

직접 경험한 수업의 구체적 사례를 통해
독자들에게 알기 쉽게
독서 교육의 지침을 제시하는 이 책은,

현장에 있는 교사들에게 뿐만 아니라

집에서 직접 지도하는 학부모들에게도

'가슴에서 발로 이어지는 여행'에 빛이 될 것이다.

# 10

## 남과 다르게 바라보기
## 『글쓰기는 스타일이다』
장석주

"글을 쓰기 위해서는 무엇보다 세상을
'순진한 눈'으로 바라보는 게 중요하다.

사람과 사물, 자연을 낯설고
눈부신 것으로 바라볼 줄 알아야 한다.
아무리 익숙한 것이라 할지라도
마치 세상에 태어나 그것을 처음 본 것처럼 말이다.

세계를 구성하는 모든 요소들을
익숙한 것으로 바라보면 아무것도 보이지 않는다.

그냥 스쳐 지나고 마는 익숙함의 세계를
낯설음의 세계로 탈바꿈시키면
많은 것들이 새롭게 드러난다."


어떤 글쓰기 책은 작가의 타고난 역량에 대한 이질감으로
감히 따라할 엄두조차 내지 못하게 하고,
또 어떤 책은 작문의 기교라는 화려한 외피 속에
식상함과 텅 빔만을 안겨준다.


최고의 다독가로, 100여권의 책을 출간한
장석주 작가의 스타일은 그 깊이가 다르다.
'그냥 좋아서' 읽기 시작한 책읽기가 뇌를 바꾸고
그로 인해 생각과 운명이 바뀌었다는 작가는,
자기만의 밀실 속 책읽기로 시작하여
글쓰기의 광장으로 나아가는 길에 빛이 된다.


"실패는 작가가 평생 안고 가야 할 숙제이다.
대다수 작가는 작가로서 입지를 구축하기 전에
수년 동안 출판사 측의 거절을 수없이 경험한다.
내가 알고 있는 작가들은 모두 종이로

실제 크기의 거대한 타지마할 모형을 만들 수 있을 정도로
잡지사와 출판사에서 많은 거절 편지를 받았다.
그러니 거절을 경험하게 되더라도
그것이 당신에게만 일어나는 문제라고 생각하지는 말라.
출판사의 거절은 글을 쓰는 사람이라면
누구나 헤쳐 나가야 할 과정이다."


작가 역시 남과 다르게 바라보는 시선으로
많이 읽고 쓰는 것을 글쓰기의 큰 기본으로 언급하며
이러한 훈련과 함께 어떤 절망에도 그만두지 않는
'마음근육' 키우기를 제시한다.


작가는 백지의 공포로 글이 써지지 않을 때 등
글쓰기의 미로에서 만나게 되는 수많은 문제에 대해서도
40년의 경험과 노하우로 용기를 준다.
또한 피천득, 김훈, 김연수, 헤세, 까뮈, 헤밍웨이 등
문학의 대가들의 다양한 문체 분석을 통해
독자들은 보다 깊이 있는 문장법을 스스로 깨우칠 수 있다.


쓸수록 어렵기만 한 글쓰기로 고민하고 있다면

어떻게 생각을 정리해 문장으로 풀어 놓을지
방향을 알 수 없다면,
평생 묵묵히 읽고 쓰며 새로운 자신을 발견해 가는
작가만의 깊이 있는 스타일이 등대가 되어 줄 것이다.

"나쁜 문장이란 덜 숙성된 생각의 결과물이고,
불완전한 사고가 저지르는 실수의 집적이다."

# 11

## 21세기, '레고형 사고'를 원한다면
## 『책을 읽는 사람만이 손에 넣는 것』
후지하라 가즈히로

"책에는 읽는 사람 각자에게 맞는 타이밍이 있다.
그러므로 편견을 버리고 난독할 필요가 있다."


작가는 '신분이나 권력이나 돈에 의한
〈계급사회〉가 아니라,
독서 습관이 있는 사람과 없는 사람으로 양분되는
〈계층사회〉가 생겨날 것'으로 보고 있다.


그런 그도 타고난 독서가는 아니었다.
학창시절에 읽은 고전은
오히려 책에 대한 흥미를 앗아갔다.

하지만 그에게도 자신만의 '타이밍'이 찾아온다.
대학 3학년 때 선배 집에서
우연히 본 비즈니스 관련 책이
그 타이밍의 시작이 된 것이다.

이후 그는 '1년에 100권'의 탐독가가 되고
그것을 통해 인생이 바뀐다.
도쿄에서 최초의 민간인 출신 교장이 되고,
오사카 부 교육 특별 고문이자 작가,
그리고 1000회가 넘는 강연으로 유명 강사가 된다.

"책을 읽는 행위에는 언어뿐 아니라
시각적 영상을 머릿속에 떠올리거나
과거의 체험에 비추어 생각한다.

나아가 스스로 얻어 낸 정보를 토대로
한층 자신의 생각을 구축하는 프로세스가 진행되므로
인간이 지닌 창조적인 뇌력이
100퍼센트 활성화 된다고 생각한다."

후지하라는 정답을 맞히는 힘이 필요한

20세기 '성장사회'의 〈퍼즐형 사고〉와

21세기 '성숙사회'의 〈레고형 사고〉를 비교한다.


또한 정답이 없고,

다양한 아이디어로 무한 확장되는

〈레고형 사고〉를 위해

절대적인 독서의 힘을 강조한다.


많은 독서를 통해 자연스럽게

좋은 책 선택법을 알게 된 작가는

자신만의 책 선택법과 책 읽는 법을 통해

책을 싫어하는 사람들에게도

작은 희망을 전한다.


59살까지 26년간 읽은 3,000권의 책을

모두 숙독한 것이 아니라

대강 훑어보거나 잘못된 선택으로

도중에 그만두기도 했다는 것이다.

이 역시 개인의 선택이겠지만
책을 통해 지식만을 습득하려 하는 것보다
자신만의 방법으로 취향에 맞게
자유로운 독서를 권하는
작가의 말에 크게 공감한다.


'책 읽는 사람만이 손에 넣는 것' 에 대한
해답은 모두가 다를 것이다.


내가 쉽게 들고 다닐 수 있는 책 한 권에서
복잡한 세상살이에 대한
위로와 쉼을 얻는 것처럼.

# PART
## 04

꿈을 그리는 이야기

01

영원히 늙지 않는 삶을 꿈꾼다면
『모지스 할머니, 평범한 삶의 행복을 그리다』
이소영

"사람들은 늘 내게 늦었다고 말했어요.
하지만 사실 지금이야말로
가장 고마워해야 할 시간이에요.
진정으로 무언가를 추구하는 사람에겐
바로 지금이 인생에서 가장 젊은 때입니다.
무언가를 시작하기에 딱 좋은 때이죠."

'모지스 할머니'(Grandma Moses)라고 불리는
'애나 메리 로버트슨 모지스(Anna Mary Robertson Moses)'는
75세에 처음 그림을 시작해
101세까지 1,600여 점의 작품을 남긴

미국의 '국민 화가' 이다.

그 중 250점은 100세 이후에 그렸다고 하니

그녀의 그림에 대한 열정은 가히 놀랄 만 하다.


우연히 발견하게 된 모지스 할머니의 그림.

그림에는 지독한 문외한이지만

보는 순간 마음을 멈추게 되었고,

그림 속의 세상을 함께 느끼며

어느새 위로 받고 있었다.


그림의 화가를 찾아보다가 알게 된 책.

그림을 너무나도 소장하고 싶었기에

덜컥 주문하고 설레임으로 책을 받았다.


아트메신저, 이소영 작가의 그림을 풀어가는 글은

모지스 할머니와 잘 어우러진다.

그림에 대해 쉽게 이해할 수 있게 하는

따뜻하고 담백한 서술이 훌륭하다.


"더 나은 내일을 위해

오늘을 견뎌내는 삶이 아니라
더 나은 내일을 위해 오늘을 즐기는 삶,
그녀가 내게 알려준 삶의 지혜이다."


총 4장으로 이루어져 있는 이 책은
1장에서는 유년 시절의 이야기와 그림,
2장에서는 27살 결혼 후의 삶과 그림,
3장에서는 고요함 속에 재미있는 소리가 가득한,
특별한 날의 이야기,
4장에서는 그녀의 재능이 사회로 나와 빛을 발하는
이야기가 담겨 있다.


"그녀에게 이별은
삶에서 불쑥 등장하는 인사와도 같았다.
열 명의 아이들 중
다섯 명을 먼저 하늘로 보내고
남편을 먼저 떠나보내고,
남아 있는 딸인 애나를 결핵으로 보내고,
막내 아들 휴마저도
그녀보다 먼저 세상을 떠났다."

여느 사람 같았으면 우울증과 절망 속에
삶을 놓아버릴 수도 있었을 아픈 삶이다.
그러나 모지스 할머니는 자신의 인생을 돌이켜
'마치 좋은 하루였다'고 말한다.

삶의 역경을 만날 때마다
최선을 다해 자신의 삶을 만들어 나간 모지스 할머니.
자신이 좋아하는 것이 무엇인지 정확히 알아,
거기에 여생의 모든 열정을 쏟아 부었던 그녀였기에
누구보다도 고독했을 100여년의 시간이 행복하지 않았을까.

"그녀에게 몸의 일부가 불편해진 것은
삶의 걸림돌이 된 것이 아니라
새로운 시작의 씨앗이 되었다.
그녀는 우연히 마주한 삶의 고비 앞에서
자기 자신의 능력을 정체시키지 않았다.
스스로 좋아하는 일을 하도록 마음을 이끌고
'그림'이라는 새로운 표출 기회를 만들었다."

작가는 그녀를 '일상을 그려내는 마술사'라고 표현한다.

또한 오랫동안 들여다보게 만드는 힘을 내재하고 있어,

그녀의 작품을 '명화' 라고 한다.


모지스 할머니의 명화는

영화의 한 장면처럼 세상에 빛이 되어 나온다.

미술 수집가 '루이스 칼더' 가

골목길 작은 시골의 약국 벽에 걸린

그녀의 그림을 알아보고,

큐레이터 '오토 칼리어' 가 세상에 그녀를 알리게 된 것이다.


1950년 90세에 '모지스 할머니 재단' 이 만들어지고,

'제롬 힐' 감독이 다큐멘터리 영화를 만든다.

92세에는 자서전을 출간하고

93세에 타임지 모델이 된다.


뉴욕 주지사 넬슨 록펠러는

그녀의 100세 생일을

'모지스 할머니의 날' 로 선포하고,

그녀가 세상을 떠난 날

미국 전역에서 애도의 물결이 이어지며

존 F. 케네디 대통령은 그녀를 추모한다.


마지막 그림, 《무지개》를 보면
우리를 향한 그녀의 말이 들리는 듯하다.


"우리는 열정이 있는 한 늙지 않습니다."

## 02

### 종이책의 따듯한 향기를 찾아서
### 『세계 서점 기행』
김언호

자꾸만 표지를 만지작거리고
넘길 때 마다 나는 너무나도 좋은 책 냄새에
몇 번을 가까이 다가가 흠흠 댔는지 모른다.

도대체 무슨 재질로 만들어졌기에
새 책에서 이런 느낌이 나는 걸까?

오랫동안 세계 서점으로 탐서 여행을 한
작가의 깊고 진정한 마음이 담겨 있어서 일까.

향을 품은 서걱한 책표지.

보드랍고 따뜻한 색의 속지.

가슴을 뛰게 만드는 세계 서점의 사진들.

책상 위에만 두어도

코끝을 스치며 책으로 이끌게 하는

특유한 종이책 냄새.


이 책은 내게 정말 매력적으로 다가왔다.


"나는 길을 가면서, 여행하면서

책을 생각하고 책을 기획한다.

나에게 한 권의 책이란

언제나 즐거운 여행이다.

책이 있는 곳에 인문정신의 축제가 펼쳐진다.

책들의 숲에서,

책들의 합창을 들을 수 있는 서점에서

몸과 마음은 건강해진다.


나는 세계의 서점을 탐방하면서 책의 존귀함

서점의 역량을 새삼 각성했다.

책 만들기와 책 읽기가 무엇인지를 다시 생각했다.
책을 위해 헌신하는 서점인들의 정성에 감동했다.

물질주의자들과 기계주의자들의
디지털문명 예찬론과는 달리
종이책의 가치가 새롭게 인식되고 있음을
세계의 명문서점들에서 확인했다.

책을 정신과 문화가 아니라
물질과 물건으로 팔아치우려는
디지털주의자들에게 현혹당하지 않는
신념의 서점인들을 만났다."

한길사를 창립하고 파주 출판도시건설에 참여하며
헤이리를 구상하고 건설하는데
주도적인 역할을 했던 출판인, 김언호.

이 책은 작가가 11개월간 연재했던 칼럼을 엮어 만들었는데,
그가 직접 탐방한 네덜란드, 영국, 미국, 중국, 일본 등
세계의 명문 서점 22곳과

다시 가고 싶은 서점 16곳을 사진으로 소개한다.

'18마일(약 29킬로미터)의 서가'를 지닌 서점,

밤새 불이 꺼지지 않고 24시간 여는 서점,

115년 동안 한 번도 문을 닫지 않은 서점.


800년 세월을 품고 있는 장대한 고딕교회,

폐쇄된 기차역,

오래된 성,

폐허로 방치된 극장,

방앗간 등을 서점으로 만들어

한 도시의 문화적 랜드마크로 재탄생 시킨 이야기를

간결하고 담백하게 풀어간다.


"한 도시에는 고층건물도 있어야 하지만

더 중요한 것은 미술관과 박물관

극장과 도서관과 서점이다.


따뜻한 등불 아래

책을 읽고 있는 사람들의 그림자,

이것이 한 도시의 문화와 정신을 상징한다.

시민들이 일상으로 드나드는 서점이 없다면
그 도시는 품격을 갖추었다고 할 수 없다."

우리나라에도 중소형 서점은 많이 사라졌지만,
곳곳에 생겨나는 작은 책방 소식들이 너무나도 반갑다.

작가는 이 책을 통해 독자들에게
종이책에 대한 인식을 새롭게 되새길 수 있게 해준다.
어딘가에 있을 좋은 서점을 찾아가고 싶게 한다.
책방을 열어 주인이 되고 싶은 마음이 들게 한다.

동네마다 사람들이 오가며
책과 삶을 이야기 할 수 있는
훈훈한 서점이 많아진다면 얼마나 살맛날까?

종이책의 큰 힘을
보다 많은 이들이 공감할 수 있게 된다면
세상의 온도가 지금보다 조금 더 따뜻해지지 않을까?

03
—

마음을 다독이는 여행
『작은 책방, 우리 책 쫌 팝니다』
백창화, 김병록


대형서점과 온라인 서점으로 인해

설 곳을 잃은 동네 서점.

그럼에도 불구하고 자신만의 테마를 주제로 한

개성 있는 작은 책방들이 사람들의 마음을 읽고 있다.


하지만 생각만큼 운영자들에게는

그리 낭만적이지만은 않은 게 그들의 현실이다.


"전국에서 사람들이 명성을 듣고 찾아오지만

그들이 머무는 30여 분,

서점 안은 카메라 찰칵이는 소리만 가득하고

독자를 그리워하는 책들의 기다림은
선택으로 이어지지 않는다.

이 스마트한 소비자들에게 서점이란
책의 실체를 확인하는 곳일 뿐,
구매의 장은 온라인이기 때문이다.

효율과 정보가 지배하는 세상에서
가격비교, '최저가'의 명패가 붙지 않은
어리석은 구매는 용납하지 않는 것이다.

아, 그러므로 아름다운 서점이란
이제 사진으로 남기고
SNS에 기록하는 관광의 명소, '핫 스팟'일 뿐
책을 고르고 책을 사는 곳이 아니다."

작가가 소개하는 부산의 한 서점에 관한 글이다.
13평의 작은 책방에서 벗어나
초록 지붕과 앤의 다락방을 가진
4층짜리 서점이 된 인디고 서원.

지난 10년의 놀라운 성과에도 불구하고

여전히 월말이면 끊을 수 없는

은행과의 관계 사이에서 속앓이를 하고 있다고 한다.


충북 괴산에서 '숲속작은책방' 이라는

국내 최초의 가정식 서짐을 열어

북스테이까지 하고 있는 이 책의 저자,

백창화, 김병록 부부.


그들은 이미 실패한 업종이라 결론이 났음에도 불구하고

다시 문을 열기 시작한

전국의 작은 책방들을 찾아가

그들의 이야기를 진솔하게 풀어 나간다.


책을 좋아하고

책방과 도서관을 즐기고,

책이 있는 곳이라면

행복이라고 느끼는 사람들에게는

더없이 매혹적인 책이다.

마지막에 실려 있는
'전국 작은 책방 지도'를 가방에 넣고
천천히 여행하며
살아감에 지친 마음을 다독이고 싶다.

그 중에서도 꼭 한 번 가서
며칠을 머무르고 싶은 곳.

가족과 친구와 함께 가도 의미 있겠지만
혼자여도 더없이 좋을 것 같은 '숲속작은책방'.

그저 온종일 원 없이 책을 읽고 싶은 내게
정말 꿈같은 곳이다.

"사람이 온다는 건
실은 어마어마한 일이다.

그는
그의 과거와
현재와

그리고

그의 미래와 함께 오기 때문이다.

한 사람의 일생이 오기 때문이다.


부서지기 쉬운

그래서 부서지기도 했을

마음이 오는 것이다.


그 갈피를

아마 바람은 더듬어볼 수 있을

마음,


내 마음이 그런 바람을 흉내낸다면

필경 환대가 될 것이다.


– '방문객', 정현종 –"

# 04
---

## '기쁨의 하얀 길'을 그리며
## 『빨강머리 앤이 하는 말』
백영옥

"앤의 눈가에 스치는 모든 사물 위에는
행복이 방울방울이다.

앤은 행복한 사람이다.
그녀에겐 행복을
'그려내는 능력'이 있기 때문이다.

앤은 끝없는 사막 속에서도
오아시스를 상상하며
눈앞의 모래바람을
지나가는 것이라 생각하는 사람이다.

내가 앤을 오래도록 사랑한 것도,

남자아이가 아니란 이유로

고아원으로 다시 돌아가야 하는

최악의 순간에도,

길가에 핀 꽃이 아름답다고 말할 줄 아는

그녀의 행복 재능 때문이다."

작가를 통해 되살려지는 앤의 재잘거림은

각자의 어느 한 시절,

마음으로 함께 뛰어다니던 자작나무 숲과

초록 지붕 집에 대한

따뜻한 추억을 불러일으킨다.

앤이 지금 학교를 다녔다면

'ADHD 진단'을 받았을지도 모른다는 작가의 말처럼,

우리의 나이에 따라 앤은

또 다른 모습으로 마음에 새겨진다.

하지만 언제나 변하지 않는 것은

그 어떤 암흑 속에서도 따뜻한 시선을 가질 수 있는
앤의 깊이 있는 삶의 태도다.

"희망이란 말은 희망 속에 있지 않다는 걸.
희망은 절망 속에서 피는 꽃이라는 걸.

그 꽃에 이름이 있다면,
그 이름은 아마

'그럼에도 불구하고' 일거라고."

작가 역시 풀리지 않는 어려움 속에서
우연히 다시 보게 된 애니메이션으로,
'아직 너무 늦지 않았을 우리에게' 라는 부제의
이 책을 그려낸다.

작가가 되기 위한 10년이 넘는 긴 시간의 눈물은
앤을 통해 성장의 힘으로
새로운 길을 열어 준 것이다.

"누군가의 성공 뒤엔 누군가의 실패가 있고,
누군가의 웃음 뒤엔 다른 사람의 눈물이 있다.

하지만 인생에 실패란 없다.
그것에서 배우기만 한다면 정말 그렇다.

성공의 관점에서 보면 실패이지만,
성장의 관점에서 보면 성공인 실패도 있다."

작가는 우리 모두에게
자신만의 '콤플렉스' 인
'빨강머리' 가 존재한다고 말한다.

그것을 어떻게 인생 속에서
각자의 열쇠로 승화시킬 수 있을까.

"이런 날, 살아 있다는 사실만으로도 행복하지 않니?"

앤의 낭랑한 음성이
가슴 속에 메아리가 되어 맴돈다.

부조리 속에 피어난 꽃
『바르톨로메는 개가 아니다』
라헐 판 코에이

1980년대 한 미술잡지에서 미술계 인사들이 뽑은
역사상 최고의 명화라는 벨라스케스의 '시녀들'.

옮긴이의 말에 따르면
스페인 '펠리페 4세'의 궁정화가인 벨라스케스는
그림 속에서 시녀, 난쟁이, 개를
같은 비중으로 그린 것처럼
소외받는 사람들에 대해
그 시대의 사람들과는 다른 시선을 가졌다고 한다.

지금까지도 다양한 해석을 자아내는 '시녀들'을 보고

작가, '라헐 판 코에이'는 그림 속 역사적 사실에
자신만의 무한한 상상력을 더해
흡인력 강한 소설을 완성해 낸다.

"바르톨로메는 자신을 지켜보는
사람이 없다는 것을 확인하자마자
즉시 손을 바닥에 짚고
한 마리 작은 개처럼 광장을 가로질렀다."

그림 속에서 '개'를
이야기의 주인공으로 끌어낸 작가.

소설의 배경이 되는 중세에는
'기독교적 가치관에 따라 난쟁이를
하늘로부터 벌 받은 불완전한 인간으로 취급하여
멸시와 조롱을 일삼았다'고 한다.

아버지에게도 인정받지 못한 난쟁이 꼽추, '바르톨로메'.
열 살이 되었지만 여섯 살 여동생보다도 작은 체구로
가만히 앉아 하루해가 지는 것만 바라보던 그는

감히 꿈조차 꿀 수 없는 삶을 살고 있었다.

"어젯밤의 일등은 자신이었다.
이런 느낌은 처음이었다.
마치 무슨 하늘의 계시처럼 느껴지기도 했다.

어쩌면 마드리드에 가면
병신인 자신이 정말 제대로 된 아들로 거듭나는
최대의 기적이 일어날지도 몰랐다."

눈살을 찌푸리게 하는 겉모습 속에 담긴
'맑고 투명한 목소리,
검은 진주같이 반짝거리는 두 눈,
가냘프고 아름다운 손' 의 바르톨로메.

궤짝 속의 짐으로 취급 받고,
온종일 골방에 갇혀 있던
그가 전하는 절망 속 기적 같은 이야기는
우리 삶을 되돌아보게 하며
작지 않은 희망을 건넨다.

마치 한 편의 중세 영화를 보는듯한 몰입 속에서

작가의 문학적 상상에 끊임없이 감탄하며,

'삶을 바꿀 수 있는 꿈의 힘'에 대해

깊은 사색의 길을 떠나게 된다.

# 06

## 삶을 향한 비상
### 『우리가 사랑해야 하는 이유』
생텍쥐페리

"내가 너에게
소중한 비밀을 하나 가르쳐줄게.
지금의 너를 탄생시킨 것은
바로 너의 지난 모든 과거란다."

생텍쥐페리의 작품 속에서
사랑과 우정, 관계, 현재와 과거,
삶과 죽음 등에 대한 글귀들로 이루어진 책.

엮은이의 특별한 생각을 더하지 않고
오롯이 글귀만으로 독자 스스로에게

깊은 철학적 사유의 시간을 준다.

"사랑을 받으려고만 하면
그 사랑은 오히려 더 가난해진다.

반대로 사랑은 주면 줄수록
더 크게 성장할 수 있다.

그러나 나의 모든 것을 받아들일 수 있는
누군가가 존재해야 한다.

다만 나의 것을 주고도
언제나 잃기만 한다면

그것은 사랑을 주는 것이 아니라
나 자신을 상실하고 있는 것이다.

– '사막의 도시' 중 –"

나를 이끈 세 작가 중

두 번째 작가인 '앙투안 드 생텍쥐페리'.

그와 함께 야간 비행을 하며
하늘과 땅에 빛나는 불빛들의 의미에 대한
그의 특별한 시선에 경탄했고
사막에 대한 막연한 동경을 갖게 되었다.

"우리에게 일어나는 일들 가운데
정녕 견딜 수 없는 일이란 하나도 없다.

말하자면 나는
고통이라 표현할 수 있는 것을
절반밖에 체험하지 못했다.

어느 날 내가 탄 비행기가 물속에 가라앉자,
난 익사할 것만 같은 두려움이 엄습했지만
정작 익사에 이르는 고통은 찾아오지 않았다.

그뿐만 아니다.
나 자신과 나의 모든 것이

곧 사라져버릴 거라고
생각한 적이 수없이 많았다.

그러나 그런 결말은 아직
내게 한 번도 일어나지 않았다.

– '바람과 모래와 별들' 중 –"

이처럼 수많은 부상과 불시착을 겪으면서도
계속해서 또다시 하늘을 향해 날아올랐던 생텍쥐페리.

1944년 45살의 생텍쥐페리는
5회만 출격한다는 조건으로 정찰 비행단에 복귀하여
비행을 떠난 후 돌아오지 않았다.

그의 '하늘로 사라짐'은
어린왕자를 떠올리게 하며 수많은 이야기를 자아냈다.

그 후 오랜 세월이 흘러
1998년 마르세유 남동쪽 바다에서

한 어부가 그의 이름이 적힌 팔찌를 건졌고,
그곳에서 그가 사랑했던 라이트닝 정찰기가 발견되며
전투기에 격추, 전사한 것으로 추측되고 있다.


"죽음이 언제나 비극은 아니라는 것을
나는 잘 알고 있다.


언젠가 기억 속에 묻어두었던
프로방스의 한 마을이 생각난다.


교회당 첨탑 뒤로
저녁 황혼이 붉게 물들어 있던 어느 날,
나는 풀밭에 누워 바람결에 들려오는
누군가의 죽음을 알리는 종소리를
평화롭게 즐기고 있었다.


그 소리는 내일 어느 노인이 땅에 묻힐 거라는 것을
동네 사람들에게 미리 알려주는 종소리였다.


평생 동안 주어진 일을 충실히 하다가

늙고 병이 들어 한 생애를 마감한 노파의 죽음,

바람결에 뒤섞여 천천히 들려오는 그 종소리는
내게 참담한 슬픔이 아니라
왠지 모를 편안함을 전해 주었다.

교회의 종은 언제나 똑같은 소리로 탄생과 죽음,
세례식과 장례식을 알려주었다.

가난한 노파와 땅이 하나가 됨을 알리는 그 소리는
사람들에게 평화를 전해주었다.

나는 죽음을 두려워하지 않는다.
그것을 삶과 연장으로 생각하면
오히려 달콤한 감미로움마저 느껴진다."

수많은 삶의 고비를 넘으면서도
다시 하늘로 향했던 생텍쥐페리.
그는 그토록 자유를 갈망했던 것일까.
죽음을 두려워하지 않았던 그가

어린왕자처럼 저 하늘로 사라지자

우리에게 밤하늘의 별은 '어린왕자, B612'와

'2578 생텍쥐페리' 라는 소행성으로 인해 특별해졌다.


자신이 사랑했던 비행기와

하늘 속에서 마지막을 함께 한 생텍쥐페리.

그에게 있어 이 세상의 마지막은

정말 달콤한 감미로움이었을까.

# 07
---

기적을 이루는 주문
『나는 가능성이다』
패트릭 헨리 휴스, 패트릭 존 휴스

"아이에게 눈이 없어
평생 앞을 볼 수 없습니다.

아이의 사지가 짧고 제 기능을 못 해
평생 걸을 수 없습니다.

아이의 척추가 휘어
철심을 박지 않으면 앉을 수도 없습니다."

가족 모두에게 한없는 기쁨의 순간,
갓 태어난 자신의 아이에게 주어진

평생의 짐을 알게 된 부모의 마음은
상상만으로도 버겁다.

패트릭 헨리의 아버지와 어머니도 처음에는
불공평한 현실이라며 서로를 안고 흐느껴 울었다.

헨리의 말처럼 그는
달콤한 오렌지가 아닌
신 레몬이 가득한 가방을 들고
가족을 찾아 왔지만,
포기할 줄 모르는 부모는
그것을 헨리가 제일 좋아하는
레몬 머랭 파이로 만들어 냈다.

"부모님은 내게 최초이자
최고의 선생님이었다.

하지만 내게 현실을
받아들이는 법을 가르치기 전에
두 분은 먼저 스스로

'받아들임'에 대해 터득해야만 했다.

결코 쉽지 않은 일이었다.
희망과 꿈, 특히 나를 두고 품었던
그 많은 꿈들을 내려놓는 일에서부터 시작해
험난한 과정을 헤쳐 나가야 했으니까.

현실을 있는 그대로 받아들인다는 것은
대단히 어렵다.

그러나 자신이 서 있는 곳을
받아들일 의지가 없는 한,
우리는 단 한 발짝도 앞으로 나아갈 수 없다."

아이의 장점은 단호한 훈육으로 최대한 살려주고
단점은 유쾌하게 받아들이는 모습을 보였기에,
헨리는 어떤 일이 생기든
"별일 아냐!" 라는 말을 할 만큼
자존감 높은 행복한 사람이 되었다.

헨리는 아버지를,

아버지는 헨리와 아내를,

서로를 자신의 영웅으로 생각하는 가족에게

행복은 그들 스스로 찾아낸 선물이다.


휠체어 무게까지 100kg이 넘는 헨리를 데리고

그의 눈과 손과 발이 되어주는

아버지의 일과는 아침 8시 50분에 시작되어

10시까지 이어진다.

그리고 계속되는 새벽 4시까지의 야간 근무.

4시간 반도 안 되는 수면 시간으로는

하루 온종일 그가 겪어야 하는 일이

너무나도 고되다.


하지만 포기하지 않고 '오직 한가지에만 집중' 하며

'현재를 충실히' 살아가는 모습은

헨리의 의지를 북돋아 주었다.


가족을 하나의 '팀' 으로 여기며

팀 안에서 '나' 는 없다고 말하는 아버지는,

아들을 통해 얻게 된 열정으로
'나' 보다 더 큰 삶의 목적을 갖게 되며
스스로의 존재에 커다란 의미를 느끼게 된다.

"내 능력에는 한계가 있다.
다른 사람들도 마찬가지다.

하지만 중요한 것은
자신의 '진짜' 한계를 아는 일이다.

그런데 자신의 진짜 한계를
어떻게 알 수 있을까?

부단히 노력해서 목표했던 고지에
당도해보지 않는 한 결코 알 수 없다.

부모님은 내게 처음에
불가능하다고 여겨지는 것도
도전해볼 가치가 있다고 가르쳐주었다.

누구도 별을 딸 수는 없다.
하지만 최소한 자신이 어디까지
손을 뻗칠 수 있는지는 알아낼 수 있다.

손이 어디까지 닿는지 알게 되면
그보다 더 낮은 곳에서
중단하는 일은 없을 것이다."

훌륭한 부모님 덕분에
'불운도 결국은 좋은 일로 이어진다' 는 것을
알게 된 헨리는
생후 9개월 우연히 '피아노' 와 첫사랑에 빠지고
이후 '스페인어' 라는 또 다른 사랑에 빠지게 된다.

보통 사람이 상상할 수 없을 만큼
하루하루 닥쳐오는 큰 시련 속에서
헨리 가족은 'I Am Potential' 이라는 주문으로
기적을 이루어 낸다.

어느새 서른 살이 된 헨리는

지금 또 어느 별을 향해

작지만 누구보다 아름다운 그의 손을 뻗고 있을까.

08

R=VD, 행복한 사람들의 꿈 공식
『꿈꾸는 다락방』
이지성

"평범한 사람들은 죽도록 열심히 일하는 것을
성공의 제일 요소로 생각한다.
하지만 성공한 사람들은 이미 성공한 자신의 모습을
생생하게 그릴 수 있는 능력을 성공의 제일 요소로 생각한다."

작은 다락방에서
꿈을 그려내는 능력으로
자신만의 최고의 삶을 살아가는 사람들.

작가가 전하는 '꿈 공식'은
2007년 출간 이후 베스트셀러로 큰 이슈가 되었고,

어린이와 청소년을 위한 〈꿈꾸는 다락방〉이 출간되기도 했다.

"지금은 감히 꿈꾸기조차 두려운 그런 삶도
이미 선물로 받았다고 믿고
온 마음을 다해 간절하게 꿈꾸면
언젠가 그 삶을 살 수 있는 기회가 기적처럼 주어진다."

'탈진할 정도로 미래를 그리는 것' 은
단지 노력 없이 꾸는 헛된 꿈이 아니다.

작가는 인생을 걸고
생각의 초점을 꿈의 영상에 맞추면
반드시 그것을 이룰 수 있다고 한다.

또한 그것은 수많은 긍정적 VD와
부정적 VD의 실제 사례를 통해
독자들의 마음에 큰 울림으로 남는다.

'성공' 이라는 단어를
그리 좋아하지 않지만,

살아가며 꿈꾸는 법을 잃어버린 모든 사람들에게
다시 한 번 진정한 삶의 꿈 그리기를 권하고 싶다.

09

## 소박한 꿈을 꿀 수 있었던
## 『동전 하나로도 행복했던 구멍가게의 날들』
이미경

"해가 저물고 동네가 어두워져도

가게 앞은 전봇대 가로등 불빛으로

환하게 밝아 저녁 먹고 나온

아이들이 하나둘 모여 한바탕

놀아대는 신나는 놀이터가 됐다.

다방구, 무궁화꽃이 피었습니다,

신발 감추기 등을 하며

맘껏 뛰어놀고 머리 맞대고

달고나 해 먹던 최고의 놀이 공간이었다.

유년 시절 가장 즐거운 기억이

구멍가게에 숨어 있다."

알록달록한 슬레이트 지붕,

뻘간 우체통과 자전거,

계절을 두른 아름드리 나무,

오랜 이야기를 간직한 평상,

빛바랜 담장과 창문,

빼곡히 쌓아 놓은 소박한 물건들.


작가가 20년 간 담아낸

따스한 펜화를 바라보노라면

그 속에 묻어나는

수많은 사람들의 아픔과 노곤함이

세월을 타고 고스란히 전해져 온다.


삼양슈퍼, 삼거리슈퍼, 형제상회,

바다슈퍼, 마음슈퍼, 행복슈퍼 등

이름조차 정겨운 가게들이

저마다 간직하고 있는

주인과 손님들의 볕과 그늘을 전해준다.


시대와 개인의 아픔 속에서

잠시 허기를 달래 줄 그 무언가가 있는 곳.

작가의 깊은 시선 덕분에
잊혀져 가는 작은 구멍가게들에 얽힌
하얀 추억들이 떠오른다.

동전 하나로도
행복할 수 있었던 구멍가게의 날들로
현재의 삶에 위로가 된다.

# 10

## 아픈 삶의 위로
## 『살아있는 것은 아프다』
토니 버나드

"아픔을 반드시 극복하고 퇴치해야 한다고
믿는 문화 속에서 우리는 살고 있습니다.
우리는 회복하는 데만 너무 몰두한 나머지
실제로는 건강을 해치기도 합니다.
아픔을 물리치려고 할 때
그 아픔은 더 큰 존재감을 가지고
우리의 삶에 고통으로 다가옵니다."

법대 교수로서 열심히 달려온 20년의 길에서
작가는 남편과 함께 파리로의 여행을 떠난다.
하지만 그동안의 삶에 대한 선물 같은 휴식은

한순간에 예기치 않은 폭풍을 몰고 온다.
원인 모를 바이러스 감염으로
여행은 물론 2001년 이후 지금까지
침대를 벗어나지 못하는 극심한 고통으로
살아가게 된 것이다.

그런 그녀가 배위에 노트북을 올려놓고
또 다른 삶을 채워 이 책을 완성했다.
어쩌면 병을 악화 시켰을지도 모를
고행의 글쓰기였지만,
치유 불가능한 만성병을 버티어 내며
아픈 삶 속에 건네는 메시지이기에
그 울림은 더없이 크다.

"이 병이 있었기 때문에
나는 여러 면에서 '성장' 하게 되었다.
그것은 클래식 음악에 대한 사랑을
새롭게 발견한 것부터 만성병 환자들과
그들을 보살피는 사람들에 대한 자비심이 커진 것.

(…)

바깥 날씨가 섭씨 37도를 넘거나
폭우가 쏟아지거나 관계없이
누군가는 편지를 배달하고,
전봇대에 오르고, 거리를 청소하는 모습을
나는 집안에서 볼 수 있다.”

평생을 누워서 누군가의 도움 없이는
조금도 살아갈 수 없게 된다면
우리는 어떻게 할까.

결코 자신의 것이 될 수 없는
평범한 일상을 질투하며
아린 슬픔과 좌절 속에서
몸만큼이나 아픈 마음을 어떻게 담아갈 수 있을까.

회복될 수 없는 병으로 인해
오히려 ‘성장’ 하게 되었다는 작가를 보며
너무나도 힘들다고 투정 부리듯 살아가던 삶을 되돌아본다.

"우울한 기분은 불청객처럼 일어나고,

두려움이나 불안도 마찬가지다.

바람에 비유한 이 가르침을 연습함으로써

나는 고통스러운 생각과 우울한 기분을

좀 더 가볍게 잡고 있을 수 있었다.

그것들이 곧 날아갈 것임을 아니까.


(⋯)


어느 날 밤에는 몸이 너무 아파서 이 책을 위해

해 온 모든 작업을 내던져 버리고 싶었다.

어두운 생각이 떠오르고

우울한 기분이 들었다.

눈에는 눈물이 그렁거렸다.


하지만 그 눈물을 흐느낌으로 만드는 대신

깊은숨을 쉬고 날씨 명상을 시작했다.

생각과 감정은 어디로든

날아간다는 사실을 기억하면서."

통제 할 수 없이 찾아드는 우리의 생각과 기분을
마음속에 불어오는 바람으로 여기면,
매서운 바람도 때가 되면 날아가
가벼운 웃음을 실어 온다고 한다.


한 순간에 변해버린
예측할 수 없는 인생 속에서
오늘도 긴 사투의 시간을
평정심으로의 명상으로 바꾸고 있을 작가.


그녀에게 처음 찾아 왔던
그 잔인한 태풍처럼
이 또한 한 순간에 날아가 버리길,
그녀의 마음만큼이나
몸도 자유를 되찾길 간절히 소망해 본다.

# 11

## 함께 읽기로 꾸는 꿈
## 『책으로 다시 살다』
### 숭례문학당

"삶에 누구를 만나느냐에 따라 인생이 달라지는데,
그런 면에서 나는 운이 좋은 편이다.
어려움 속에 있더라도 좋은 사람이 주위에 있으면
잘 풀릴 수밖에 없다.
누가 내게 자신에 대해 평가해 달라면 이렇게 되묻겠다.

〈당신과 친한 사람을 말해보라,
그러면 당신이 어떤 사람인지 알 수 있다.〉"

창밖의 숭례문을 품은 '숭례문학당'에서
다양한 분야의 사람들이

책을 통해 글쓰기를 배우고 이야기를 나눈다.

혼자 읽는 '골방독서'에서
함께 읽고 토론하는 '광장독서'로
새로운 인생을 살게 된 25명의 이야기.

이를 통해 우리는 자신만의 인생의 길에서 만난
'삶을 바꾼 책읽기의 힘'을 배운다.

"언제부턴가 남루한 일상과
지리멸렬한 삶에 회의가 들기 시작했다.
어중간한 존재로 사는 쓸쓸함과 피로감이
미역줄기처럼 온몸을 휘감았다.

이대로 어제를 표절하며 오늘을 살다가는
'늙은이'가 되기 전에
'낡은이'가 먼저 될지 모른다는 생각이 들었다.

인생 후반전을 위해서
결단을 해야 한다는 초조함이 나를 압박했다."

독서 습관은 10대에 형성되지 못하면
성인이 된 이후에는 책과 가까이 할 확률이 적다고 한다.

하지만 세상 모든 일이
사람에게 다가오는 때가 다르듯,

20대든 40대든 60대든
심장을 뒤흔드는 때가 온다면
그 또한 살아감에 큰 복이 아닐까.

"책을 읽으며 의미 있는 문장 하나를 찾는다면
그 책은 자신만의 정관사 'The'를 붙일 수 있지 않을까?
김춘수의 시 〈꽃〉처럼 말이다.

이름을 불러주면 이름을 불러준 이의 꽃이 되는 것처럼,
낯선 책에서 의미 있는 부분을 찾고
거기서 자신을 생각하게 된다면
그 책은 이미 나의 것이 되는 것이다.
그 책에 정관사 'The'를 붙일 수 있는 거다."

작가와 함께 숨을 쉬고

단어 하나, 문장 하나를 곱씹으며

영혼에 새겨 넣을 수만 있다면,


누군가는 그저 활자로 스쳐 읽어 버린 것이

또 다른 누군가에게는

살아있는 언어로,

살아가는 삶 전체를 뒤 바꾸는 힘이 될 수 있다.

PART

05

───

종이책, 그 마법 같은 순간 속으로

# 01

___

비탄의 시간을 넘어
『사랑은 그렇게 끝나지 않는다』
줄리언 반스

『예감은 틀리지 않는다』로
2011년 맨부커 상을 수상한 줄리언 반스.
그는 30년을 함께 산,
'삶의 심장이자 심장의 생명'이라던
아내 캐바나를 잃는다.

그녀는 '영국 문단의 별'이라고 칭해질 만큼
탁월한 감각의 문학 에이전트였다.
그런 그녀가 2008년 거리에서 쓰러진 후
뇌종양 판정 37일 만에 세상을 떠난 것이다.

사랑하는 아내를 잃고 침묵한 작가는
처음으로 그 비탄의 이야기를
책을 통해 풀어 놓는다.


"처음에, 당신은 아내와
예전에 같이 했던 것을 계속해 나간다.
친밀함 때문에, 사랑 때문에,
그리고 패턴이 필요해서.


얼마 지나지 않아 당신은
자신이 걸려든 덫을 깨닫게 된다.
정작 그녀가 없는데도
아내와 함께 했던 것들을 되풀이하는 것과,
그녀를 그리워하는 것 사이를 오가는 것이다.


혹은 새로 해보는 일,
아내와는 한 번도 같이 해본 적이 없는 일인데도
그렇기 때문에 전과 다르게
그녀를 그리워하게 된다.

당신은 그녀와 공유하던 어휘, 어법, 말장난,

둘 사이에만 통하는 언어의 지름길,

둘 사이에서만 통했던 농담, 유치함,

장난 섞인 핀잔, 야한 첨언들을,

풍부한 기억들이 담겨 있지만

남에게 설명하면 아무 쓸모도 없는

이 모든 모호한 참고자료들을 잃었음을

가슴 아리게 느낀다."


『사랑은 그렇게 끝나지 않는다』는

색깔이 다른 세 가지 이야기를 담고 있다.


첫 번째 '비상의 죄'는 19세기 후반의 세 실존인물,

영국인 프레드 버나비와 프랑스인 사진가 나다르,

그리고 여배우 사라 베르나르의

기구 비행에 관한 르포르타주 형식의 글이다.


기구는 내게 꿈을 향한 비상이자,

고독과 자유를 상징하는 의미였다.

그러나 기구 개척자들의 현실적 이야기들은

내게 좀 더 다른 시각을 주었다.

생명을 담보로 한 두려움 없는 도전은

이제껏 하나인 적이 없었던

인간의 세계인 땅을, 신의 세계인 하늘과 연결해

새로운 세상을 열어 주었던 것이다.


"이제껏 하나인 적이 없었던 두 가지를

하나로 합쳐보다.

때로는 합쳐질 때도 있지만,

그렇지 않을 때도 있다.


최초로 열기구를 타고 상승했던 필라르트 드 로지에는

해협을 건너 프랑스에서 영국으로 날아간다는 계획을

최초로 세우기도 했다.


이를 위해 그는 신종 기구를 제작했는데,

기구 꼭대기엔 수소 풍선을 달아

전보다 한층 더 잘 뜨도록 했고,

그 아래에 열기구를 달아 좀 더 잘 조작할 수 있게 했다.

그렇게 그는 두 가지를 하나로 합쳤고,
1785년 6월 15일 순풍이 부는 듯 보이자
파 드 칼레에서 비상을 감행했다.
멋진 신기계는 신속히 떠올랐지만,
해안선에 미처 가 닿기도 전에
수소 풍선 윗부분에서 불꽃이 이는 것이 보였다.

모든 것이, 희망에 찬 기구 전체가,
한 목격자의 관찰에 따르면
마치 천상의 가스등처럼 보이다가 지상으로 추락했고,
두 파일럿 모두 죽고 말았다."

두 번째 '평지에서'는 앞에 나온 인물 중
버나비와 베르나르의 허구적 사랑 이야기를 담은 소설이고,
마지막 '깊이의 상실'은
작가가 사별한 아내에 대한 비탄을 담은 에세이이다.

삶과 죽음, 떠난 자와 남겨진 자의 이야기.
작가의 경험을 바탕으로 한
절절하고 세밀한 서술의 힘 덕분에

가장 큰 의미를 두고 깊게 빠져 본 챕터이다.

"비탄의 제1년은 익숙했던 생활에 대한
부정적인 이미지를 쌓아가는 한 해이다.

대소사에 깔리다시피 했던 것과는 반대로
어떤 행사도 없는 상태가 된다.
크리스마스, 당신의 생일, 아내의 생일,
첫 만남의 기념일, 결혼기념일이 그렇다.

그리고 그런 날들 위로
새로운 기념일이 뒤덮인다.
공포가 시작된 날, 아내가 처음으로 쓰러진 날,
아내가 병원에 간 날, 아내가 퇴원한 날,
아내가 죽은 날, 아내를 묻은 날."

어느 날 갑자기 사랑하는 사람을 잃고
비탄 속에 남겨진 사람.
그는 잊으라고 위로하는,
잊은 척 하는 사람들의 위로에 분노한다.

사후의 세계에도 의미를 찾을 수 없으며

딱한 것은 남은 사람들이라는 말에 대해서도 동의하지 못한다.

모든 인간관계에는 이처럼

사별이라는 비탄의 시간이 찾아온다.


작가의 말처럼 그것은 '시간을 바꾸고,

시간의 길이를, 시간의 결을, 시간의 기능'을 바꿔놓는다


원제였던 'Levels of Life'(인생의 층위들)의 상징을 찾아보거나,

사랑과 사별, 삶과 죽음,

상처와 치유에 대해

깊이 생각해 볼 수 있는 책이다.


"사라진 빈자리는

애초에 그 자리에 있었던 것의 총합보다 크다."

# 02

## 자신만의 보물찾기
## 『연금술사』
파울로 코엘료

"자신의 삶에서 일어나는 좋은 일들을
깨닫지 못하는 사람들에게는
하루하루가 매일 해가 뜨고 지는 것처럼
똑같을 수밖에 없으니 말이다."

매일 반복되는 평범한 삶을 살아가던 양치기 청년 산티아고.
그는 자신을 이집트의 피라미드로 이끄는 꿈으로 인해
그곳에 묻혀 있는 보물을 찾아
잔잔한 일상과 미지의 모험을 맞바꾼다.

우리는 매 순간의 선택으로 자신만의 길을 만든다.

산티아고도 노인의 제안을 받아들인 첫 선택을 시작으로
수많은 만남과 사건 속에 새로운 시선을 갖게 되고,
그로 인해 눈에 보이지 않는 삶의 의미를 깨닫게 된다.

"자네가 무언가를 간절히 원할 때
온 우주는 자네의 소망이 실현되도록 도와준다네."

작가가 전하는
이 세계의 위대한 진실이라는 이 말은
마음을 울리며 독자의 가슴에 깊이 새겨진다.

'초심자의 행운'과 '죽음의 공포'라는
양극 사이를 경험하며
표지를 통해 찾아가는 산티아고의 보물.

그 길고 험난한 여정 위에
큰 방향을 제시하는 연금술사와의 인연은
'마크툽'이 아니었을까.

어차피 그렇게 될 일로,

이미 기록되어 있다는 뜻의 아랍어 '마크툽'은

인생의 모든 만남과 일들에 소중한 의미를 부여해 준다.

어른을 위한 동화 같은 이야기 속에 담겨진

종교적이고 철학적인 삶의 진실을,

독자들도 각기 자기만의 방식으로 찾아가게 될 것이다.

## 03
―

### 희망을 노래하는 슈퍼맨
### 『살아온 기적 살아갈 기적』
장영희


"누구의 마음에 '좋은 사람'으로 남는 게
얼마나 힘들고, 소중한지 깨닫기 시작한다.


누군가 단 한 사람이라도
따뜻한 마음, 아끼는 마음으로
날 '좋은 사람'으로 기억해 준다면


수천수만 명 사람들이 다 아는
'유명한' 사람이 되는 일보다
훨씬 의미 있는 일이기 때문이다.

삶을 다하고 죽었을 때

신문에 기사가 나고 모든 사람이

단지 하나의 뉴스로 알게 되는

'유명한' 사람보다

누군가 그 죽음을 진정 슬퍼해 주는

'좋은' 사람이 된다면

지상에서의 삶이 헛되지 않을 것이다.

세상은 모든 사람이 알아봐 주고 대접해 주는

'유명한' 사람이 되고 싶은 사람으로

가득 차 있지만, 그래도 간혹

'좋은 사람'이 되고 싶은 사람들이 있어

그나마 그 온기로 세상이

뒤뚱뒤뚱 돌아가고 있는지 모른다."

좋은 글을 쓰는,

좋은 사람.

작가를 이렇게 소개하고 싶다.

왜지 여느 기사에 나오는

1급 신체장애인, 세 차례의 암투병 등을 운운하면

"아이고, 또……" 하며

에세이 속에서처럼 호탕하게 나무라실 것만 같다.


"바닷가에 매어 둔

작은 고깃배

날마다 출렁거린다

풍랑에 뒤집힐 때도 있다

화사한 날을 기다리고 있다

머얼리 노를 저어 나가서

헤밍웨이의 바다와 노인이 되어서

중얼거리려고


살아온 기적이 살아갈 기적이 된다고

사노라면

많은 기쁨이 있다고


– '어부', 김종삼 – "

책 제목 훑어보는 취미 덕분에

제목에 그만큼 크고 깊은 고민을 하는 작가가

시에서 빌려 온

'살아온 기적 살아갈 기적'은,

제목과 어우러진 작가 삶의 철학이

오래도록 가슴을 울린다.


"남들은 나이가 들어가면서

집중력이 좋아지고 성격이 진중해진다는데,

나는 오히려 그 반대인지

잡념이 많아져 책 한 권을 잡고

일주일을 넘기기 일쑤다.


서평 원고도 오늘 저녁을 넘기면 안 된다고

으름장을 놓으니,

책의 나머지 반을 대충만 읽고

마치 정독을 한 척하고 서평을 쓰는 수밖에 없다."


맑고 단아한 목소리만큼

글도 깊고 곱지만,

가끔은 보통 사람들보다 더욱 인간적이고
솔직한 이런 서술이 마음을 끈다.

멋지고 고고한 글과 생각으로
훈계하듯 기죽이는 것이 아니라
'우리와 같은 마음이시구나.'
하며 크게 웃게 되는,
그 꾸미지 않은 다양한 에피소드들이 좋다.

"과거에 그들이 환상 속의 슈퍼맨이었다면
이제 그들은 진짜 슈퍼맨이 되었다.

우리 보통 사람들은
오래된 상처까지 이리저리 들추어내고,
그 상처가 없어질세라 꼭 끌어안고,
자신은 상처투성이라 아무것도 못 한다며
눈물 흘리고 포기하는데
이들은 여전히 꿈과 희망을 말하고 있기 때문이다.

2001년에 썼던 이 글이 참 새삼스럽다.

리브도, 윤이도 지금은 이 세상 사람이 아니다.

하지만 이번엔 내가
'진짜 슈퍼맨'이 되기 위해서,

내 가족들, 내 학생들 그리고 내 독자들의
'잘 싸워 주리라는 기대'를
저버리지 않기 위해서,

그들이 했던 용감한 싸움을 계속한다."

2017년,
이제 또 다른 슈퍼맨, 장영희 작가도
우리에게 '살아갈 기적'을 남기고
이 세상을 떠난 지 8년이 되었다.

수많은 검은돌 사이에서
'흰돌'을 소망하는 오늘도,
살아감이 참 아리고 아프다.

## 04

## 따뜻한 마법의 공간
## 『빅스톤갭의 작은 책방』
웬디 웰치

"언젠가 책방을 내면 되지."

"흠, 언젠가는요."

우리는 조용히 콘칩을 씹었다.
다음 순간, 잭이 결정타를 날렸다.

"그 언젠가가 오늘이라면?"

스트레스로 꽉 차 터질 것 같았던
우리 인생에서 코르크가 터진 그 순간,

실망스럽게도 조그마한

'뽁' 소리조차 나지 않았다.

대신 레스토랑 직원들이 화들짝 놀라긴 했다.


내가 콘칩 바구니에 배다 닿도록

테이블 위로 몸을 내밀어,

내 십년지기 친구에게

열정적이고 긴 키스를 했으니까.


쇠락해져가는 탄광촌, 하향세로 접어든 경제,

외지인들에 대한 텃새,

대형 서점과 전자책 등의 공세 속

자칫 위험할 수 있는 현실도

이 못 말리는 부부에게는 문제가 되지 않는다.


순간적인 충동으로 보일 수도 있지만

작가 '웬디 웰치' 와 그의 남편 '잭' 에게는

'마음 깊이 묻어둔 꿈이 고개를 든 것' 이다.


앞뜰에 유니콘을 키우자는 작가의 말에

잭은 코끼리가 심심하니까 당연하다고 말한다.

유쾌한 상상놀이 속 부부의 장단 맞추기는

무모한 용기와 긍정의 격려 속에 그 빛을 발한다.


"어렸을 때는

똑똑한 사람들을 우러러봤다.


나이가 든 지금은

마음이 따뜻한 사람들을 우러러본다.


– 에이브러햄 조슈아 헤셸 – "


이름도 동화 속 주인공 같은 웬디와 잭.


그들의 꿈은 따뜻하다.

그들의 따스한 향기가

온기 가득한 사람들을 불러 모으고

사랑방 같은 헌책방 〈테일스 오브 론섬 파인〉은

사계절 내내 시각을 자극하는 '빅스톤갭의 명소'가 된다.

우리나라에서도 최근 다시 작은 책방들이

자신만의 색깔로 동네의 빛을 찾아주고 있다.


종이책이 사라질 것이라 말하는 사람들에게

사람들의 마음이 살아있는 한

책방에 대한 향수는

삶에 큰 힘을 불러 올 수 있을 거라 감히 말하고 싶다.


오늘도 책값을 매기며 정신없는 하루를 보내면서

마음속 깊은 만족감이 계곡물처럼 졸졸 흐르고 있는

이 세상의 수많은 웬디와 잭을 응원한다.

## 05

사랑이 있기에 행복한 삶
『백년을 살아보니』
김형석

"젊었을 때는 삶의 시간적 단위가 긴 편이다.
20년, 30년의 계획을 세워보기도 한다.

그러다가 50고개를 넘기게 되면
10여 년씩의 설계를 해본다.
다시 세월이 흘러 70대가 되면,
10년의 계획도 가능할까 싶어진다.

78세가 남자들의 평균수명이라고 전해진다.
나와 같이 90의 언덕 위에 서게 되면
삶의 계획이 2년이나 3년으로 짧아진다.

지나간 과거는 점점 길어졌으나

다가올 미래는 예측할 수가 없다.

나도 출판사와 약속을 하고는

맡은 책임을 다할 수 있을까, 하고 자문하는 때가 있다."


읽는 내내 삶의 마지막을 생각했다.

사춘기 시절부터 '떠나는 날'에 대한 생각이 많았고,

그것은 내 삶에서 욕심과 미움을 걷어내며

지금 내 곁에 있는 사람과

현재의 삶을 더욱 소중하게 해 주었다.


많은 작가들의 책 속에서

생의 한 부분으로서의 떠나감을 생각해 왔지만

김형석 작가의 책은 다르게 다가왔다.


'우리나라 철학계 1세대 교육자',


삶의 화려함이나 사회적 명성과 감투에는 거리가 멀었던

98세의 김형석 교수는,

한 세기를 살아가고 있는 만큼

그 깊이와 무게감이 더 큰 울림을 자아낸다.

"나에게는 두 별이 있었다.
진리를 향하는 그리움과
겨레를 위하는 마음이었다.
그 짐은 무거웠으나
사랑이 있었기에 행복했다."

93세의 어느 가을,
자다가 깨어나 남긴 그의 메모를 보면
그의 삶이 고스란히 담겨 있다.

신체적 성장은 누구나 비슷한 시기에 노쇠해 가지만
정신적 성장과 인간적 성숙은
배움을 향한 의지에 따라 크게 다르다고 한다.

평생 열정을 갖고
새로운 것을 향해 노력하는 한
타인의 노년기가
자신에게는 장년기가 될 수 있는 것이다.

40세까지 가난했던 작가는

돈을 벌기 위해 일을 했다.


그렇게 20년의 시간이 흐른 후

'일이 귀하기 때문에 일하는 사람은

그 일의 가치만큼 보람과 행복이 커짐'을 알게 된다.


그리고 80대가 된 그의 일의 목표는

'이웃과 사회에 대한 봉사'가 되었다.


이처럼 독자는

세월에 따라 성숙해 가는

인생 속 다양한 그의 가치를 보며

자연스럽게 자신의 삶을 돌아보게 된다.


"그렇다면 얼마나 오래 사는 것이 바람직스러운가.


마음대로 되는 것은 아니다.

그러나 생각은 정리해볼 수 있겠다.

나 자신이 행복하게, 그리고 이웃 사람들에게
작은 도움이라도 줄 수 있을 때까지 살 수 있다면
그것으로 감사해야 할 것 같다.

나도 고통을 겪어야 하고
이웃에까지 부담과 어려움을 끼치면서
오래 산다는 것은 지혜로운 생각이 아니다."

'사랑이 있는 고생' 과
'사랑이 있는 경쟁' 속에서
참된 삶을 살아가는 우리 시대의 현자를 보니
어느새 이렇게 세월이 흘러왔나, 하는 회한이 무색해진다.

무엇을 위해 살고,
무엇을 남기고 갈 것인가.

작가가 묻는다.
그 '마지막 선택권' 은 오롯이 내 몫이다.

## 06
—

아이들의 인생을 바꾼 '보스 형님'
『잊지 못할 책읽기 수업』
양즈랑

"학생들은 한 명 한 명 모두 이야기책과 같다.

학생을 담당한 선생님으로서 나는

이 책을 한 권씩 펼쳐서 자세히 읽고 음미하며

그 속에 담긴 이야기와 감정을

깊이 느끼고 알아야 할 책임이 있다.

어떤 책은 눈도 마음도 즐겁고,

어떤 책은 놀라운 일이 끊이지 않고 이어지며,

어떤 책은 가슴속 깊이 감동을 주고,

어떤 책은 뜨거운 눈물을 흘리게 한다.

그 책을 이해하려면,

우선 책장을 펼치고 다가가서 사랑하고 공감해야 한다."

좋은 선생님을 만나는 것은 삶의 커다란 축복이다.
책으로 아이들의 인생을 바꾸어 준
타이완의 한 시골 선생님에게서
우리 시대 참스승의 모습을 본다.

진학률이 곧 교육의 기준이 되는 시대 속에
아이들에게 '보스 형님'이라고 불리는 것을 좋아하는
양즈랑 선생님은 독서 교육을 통해
탄탄한 독서력이 교과 학습과 입시에도
유용하다는 것을 보여준다.

"독서하며 아이들이 하는 기발한 질문들...
반드시 학생들이 직접 책을 읽고, 스스로 고민해야 한다.
논문을 쓰는 것처럼.
직접 해답을 찾는 과정이야말로 가장 좋은 자기 학습이다."

양즈랑 선생님의 교육을 보며
최근 보았던 기사가 떠올랐다.

자신만의 사유가 담긴 글쓰기 능력이 부족한 대학생들에게

한 유명 대학이 신입생을 대상으로 하는

글쓰기 평가를 실시하겠다는 것이다.

입시를 위해 독서도 요약본으로

문제집처럼 핵심만을 외우게 하는 우리에게,

사랑과 책으로 아이들을 참 삶으로 인도한

양즈랑 선생님의 감동 실화는

씁쓸함과 함께 오래도록 깊은 여운을 준다.


가슴으로 만나는 따스한 스승과 제자의 이야기.

꿈꾸고, 그립다.

# 07

## 인생의 마술과의 만남
## 『닥터 도티의 삶을 바꾸는 마술가게』
제임스 도티

"저마다의 삶을 살아가는 우리는

언제나 고통을 일으키는 여러 상황을 겪게 된단다.

그걸 마음의 상처라고 부르지.

네가 그걸 무시한다면 그건 절대로 치유되지 않아.


하지만 때로 우리 마음이 상처 입을 때,

그때가 바로 마음을 열 때이기도 해.

실은 종종 우리에게 성장할 최고의 기회를 주는 건,

다름 아닌 마음의 상처이기도 해.

이러저런 힘겨운 상황들.

그게 바로 마법의 선물이지."

가난하고 불우한 가정에서

희망을 잃고 살아가던 한 소년이

우연히 들른 동네 마술가게.


루스 할머니와의 6주 간의 짧은 만남은

소년의 인생을 전혀 다른 궤도 위에 올려놓는다.


그녀가 알려준 마술 덕분에

소년은 32년 후,

스탠퍼드 대학 신경외과 교수이자

7,200만 달러를 가진 사람이 된 것이다.


"우리 각자는 내면에 그 힘을 갖고 있단다.

그저 그것을 사용하는 방법을 배워야 하는 것뿐이야.

하지만 기억하렴.

너한테 가르쳐 준 그 마술은 강력한 힘을 가지고 있단다.

선한 의도로 사용하면 강력하지만,

준비되지 않은 사람의 손에 들어가면

상처를 주고 고통을 일으킬 수도 있어."

내면을 통제해 삶을 원하는 방향으로 바꿀 수 있었던 작가는
준비되지 않은 채 맞이한 마술의 힘 때문에
인생에 크나큰 고비를 맞이하며
진정한 삶을 향한 여정을 시작하게 된다.

뜨겁고 세찬 바람 속 영원할 것 같던 연옥의 세상에서
작가 닥터 도티가 겪은,
뇌와 심장이 가진 잠재력의 마술.

절대 변할 수 없다고,
아무런 희망도 보이지 않는다고 주저앉아 있다면
'닥터 도티'가 건네는 손을
살며시 잡아 보자.

루스에게 처음 가는 길,
작가가 느꼈던 설레임과 두려움, 그리고 의심은
어느새 두터운 믿음과 살아감의 큰 힘이 될 것이다.

## 08
—

## 마음에 머무는 바람
## 『바다가 보이는 이발소』
오기와라 히로시

"눈앞에는 커다란 거울이 있다.

그 거울 한가득 바다가 펼쳐진다.

길가보다 높이 있는 이 가게는

창 너머에 앞을 가로 막는 것이 하나도 없다.

등 뒤로 창문 너머 펼쳐지는 바다가

고스란히 거울에 비치는 것이다."

빨강, 파랑, 하양.

뱅그르르 돌아가는 원통형 간판.

뜨거운 수건과 코끝에 감도는 은은한 토닉향.

결혼을 앞둔 한 남자가

찾기 힘든 먼 바닷가 이발소에 앉아

아름다운 풍경화를 담은 듯한 거울을 바라본다.


거울 속 왼쪽으로 도는 시곗바늘은

이발소 주인의 옛이야기와 함께

나른한 과거 여행을 안기고,

또 하나의 세상과 삶 속에서

그들의 인연의 고리를 느끼는 순간

가슴 한 켠이 먹먹해진다.


바다가 보이는 이발소.

이 책에 담긴 6개의 단편은

시린 새벽 바다를 닮았다.


"그러다 나는 나를 지키는 방법을 고안했다.

엄마가 나를 혼낼 때는

마음을 멀리로 보내는 것.

내 마음을 내 몸에서 떠나보내고,

내가 아닌 다른 여자애가 혼다고 있는 셈이다."

엄마의 숨 막히는 삶의 틀 안에서
비난 받지 않으려고 살아가던 딸이 집을 떠난 후
16년 만에 다시 만난 낯선 엄마의 이야기.

그 밖에도 아이를 잃고 남겨진
부모가 겪는 아린 마음의 길.

시공을 초월한 마법의 문자와
상처받은 아이들의 이야기.

아버지의 유품을 통한
삶과 죽음의 이야기에서
작가는 인생의 기쁨과 슬픔을
간결하고 감성 가득한 문체로 담아낸다.

그가 전하는 이야기가
바닷가 나무를 스치는 바람이 되어
내 마음에 오래도록 머문다.

## 09

## 비밀을 품은 마법의 새
## 『봄을 찾아 떠난 남자』
클라라 마리아 바구스

"항상 편해 보이는 방향만 골랐다.

다른 사람이 세운 이정표만 따라가며

다른 이의 발자취가 남아 있는 길만 걸었다.

(…)

그저 언젠가는 모든 것이

저절로 좋은 쪽으로 풀리겠지 하는

허튼 기대에만 매달렸다.

용기를 내어 방향을 바꿀 생각은

꿈에도 하지 않고

잘못된 길에만 충실해왔다.

그래서 그의 인생은

미로 안에서 헤매며 빠져나오지 못했다."


햇살 한줌 허락하지 않는

지독한 겨울로 뒤덮인 곳에 살고 있는 한 남자.


마음도 영혼도 두터운 얼음 속에 갇혀 있던 그는

어느 날 운명처럼,

봄 향기를 품은 작은 새 한 마리를 본다.


그토록 오랫동안 기다려도

찾아오지 않는 봄의 비밀을

마법의 새는 알고 있을 거라는 믿음으로,

그는 알록달록한 새를 찾아 여행을 떠난다.


"실제로는 전경도 배경도 없다.

우리는 뭔가 의미 있어 보이는 것을 전경에 가져다놓고,

이 시점에서 무의미해 보이는

다른 모든 것은 배경으로 내몰지."

수많은 사람들을 만나고
신비스러운 경험과 모험을 하는 동안
그에게 전경으로 다가오는 다양한 삶의 문제와 깨달음은
독자로 하여금 잔잔한 감동과 공감을 자아낸다.

'연필로 그린 그림' 같던 세상이
살아 숨쉬는 '봄' 의 수채화 빛으로
새로운 생명을 얻게 되는 신비로운 여정.

작가의 말처럼
아무리 힘든 길이라도
길은 언제나 무한하고,
막힌 길이 있으면
또 다른 길이 열리게 되어 있다.

마법의 새가 알려 주는
인생의 지침서와 봄의 비밀을 보며
가슴에 깊이 묻어 둔,

혹은 세상사에 잠시 잊고 있던

자신만의 꿈을 떠올려 보면 어떨까.


"우리는 우리가 생각하는 것 그 이상이다.

우리는 우리가 아는 것 그 이상이다."

# 10

## 오랜만에 만난 옛 친구
## 『모모』
미하엘 엔데, 비룡소

어린 시절 나를 흔들었던
인생 책들은 가슴에 묻어 두는 편이다.


언젠가 꼭 한 번 다시 만나고 싶기도 하지만
너무나도 깊은 첫사랑처럼
아련한 잔상으로 추억 속에 남기고 싶다.


'모모'는 내게 그런 책 중 하나이다.
사람의 죽은 시간으로 생명을 이어가는 회색 신사.


처음 이 책을 읽던 그 시절에는

잿빛 얼굴로 생명의 시가를 태우는 그들의 한기가

내 몸을 감싸는 듯 으스스했고,

신비로운 거북 카시오페이아와 함께

시간 도둑들과 맞서는 모모의 철학적 모험에

내 온 시간을 기쁘게 내어 주었다.


"모모는 어리석은 사람이 갑자기 아주

사려 깊은 생각을 할 수 있게끔

귀 기울여 들을 줄 알았다.


상대방이 그런 생각을 하게끔

무슨 말이나 질문을 해서가 아니었다.

모모는 가만히 앉아서 따뜻한 관심을 갖고

온 마음으로 상대방의 이야기를 들었을 뿐이다

그리고 그 사람을 커다랗고 까만 눈으로

말끄러미 바라보았을 뿐이다.

그러면 그 사람은 자신도 깜짝 놀랄 만큼

지혜로운 생각을 떠올리는 것이었다.


모모는, 결정을 내리지 못하거나

어떻게 해야 할지 모르는 사람들이
문득 자신이 무엇을 원하는지
정확하게 알 수 있게끔,
그렇게 귀 기울여 들을 줄 알았다."


1973년 독일에서 출간 된 후
40년 기념 공모전에서 당선된 표지로
새 옷을 갈아입은 모모는
여전히 내 가슴을 뛰게 한다.


시간과 돈에 쫓기는 잿빛 어른이 아닌
모모와 같은 사람으로 나이 들고 싶었던
열일곱의 나를 만나게 한다.


상자 몇 개, 찢어진 식탁보,
두더지가 쑤셔 놓은 흙더미,
조약돌 한 줌만 있으면
상상놀이 속에 행복 할 수 있는 아이들은
끊임없이 더 많은 것을 갖고 싶어 하는
어른의 세상에 씁쓸한 사색을 남긴다.

"한꺼번에 도로 전체를 생각해서는 안 돼, 알겠니?

다음에 딛게 될 걸음, 다음에 쉬게 될 호흡,

다음에 하게 될 비질만 생각해야 하는 거야.

계속해서 바로 다음 일만 생각해야 하는 거야.


(…)


그러면 일을 하는 게 즐겁지.

그게 중요한 거야.

그러면 일을 잘 해낼 수 있어.

그래야 하는 거야.


(…)


한 걸음 한 걸음 나가다 보면 어느새

그 긴 길을 다 쓸었다는 것을 깨닫게 되지.


어떻게 그렇게 했는지도 모르겠고,

숨이 차지도 않아."

그 누구보다 훌륭한 어른,
도로 청소부 '베포' 할아버지의 삶이
오래도록 마음에 머문다.

40년 전 작가가 그려낸 세상이
여전히 이어 오고 있어 아프지만,
오랜만에 함께 한
작은 소녀 모모와의 여행은
삭막한 현실에서
영겁 같은 한 시간과
찰나 같은 한 시간의 비밀을
새삼 깨닫게 하며 삶에 토닥임을 준다.

# 11

## 매혹적인 마법의 세계
## 『밤의 도서관』
알베르토 망구엘

"나는 어두운 색의 목재가
벽에 붙어 있고,
은은한 햇살이 스며드는
도서관을 갖고 싶었다.

안락의자들을 곳곳에 놓아두고,
바로 옆에는 조그만 공간을 두어 책상을 놓고
참고용 도서들을 정리해두고 싶었다.

서가는 내 허리춤에서 시작해서,
팔을 쭉 뻗어 손가락 끝이

닿는 데까지만 높일 생각이었다."

짙은 목재의 서가와
책의 분위기를 더해주는 빛의 어우러짐.

세계 최고의 독서가이자
아르헨티나 작가인 '알베르토 망구엘'의
프랑스 작은 마을 개인 도서관을 그려본다.

16세기 오스만 제국의 시인,
'아드뷜라티프 첼레비'가
자신의 서고에 있는 책들을
'모든 걱정을 떨쳐주는 사랑스런 진정한 친구'
라고 불렀던 것처럼,

책 속에서 작가가 풀어가는
신화, 그림자, 정체성, 망각, 상상 등
도서관에 연상되는
15가지 단어들의 서술을 보면,
그의 책과 도서관을 향한 마음이

고스란히 느껴진다.

"낮 동안에 도서관은 질서의 세계다.

(…)

그러나 밤이 되면 분위기가 바뀐다.
소리는 줄어들고,
생각의 아우성은 더 높아간다."

너무나도 매혹적으로 다가오는
'밤의 도서관' 이라는 마법의 세계.

〈박물관이 살아있다〉라는 영화 속에서
밤이 되면 생명을 얻는 전시물처럼,
책 속에서 살아나는 시공을 초월한
수많은 영혼들의 이야기가 들리는 듯하다.

빠르게 변화하는
영상 시대의 사람들에게도

종이책만이 줄 수 있는

그 서걱거림과 짙은 향기는

쉬 잊혀 지지 않을 것이다.

# ● 이 책이 이끄는 책

(소개된 55권의 책 목록)